*Über dieses Buch* In zahlreichen Märchen wird das Schicksal des Märchenhelden erst im Zusammenspiel mit seinen Geschwistern erfahrbar. So ist es häufig der Jüngste, der scheinbar Schwächste oder der Dümmste, der sich am Ende als der Pfiffigste erweist.
Anders dagegen sieht es bei gleichgeschlechtlichen Geschwistergruppen aus. Obwohl es nicht an treuem Zusammenhalt fehlt, rivalisieren Märchenbrüder um Macht, Stärke und Klugheit, während bei Schwestern die Schönheit der einen oder die Gunst, die der Vater oft der Jüngsten schenkt, Anlaß zur Eifersucht geben. Um so mehr fällt die Sonderstellung von Bruder und Schwester innerhalb dieser Gruppierungen auf. Die beiden schaden sich selten, Opfermut, Hilfsbereitschaft und Erlösung sind die wiederkehrenden Motive.
In den Märchen ziehen die Schwestern wie auch die Brüder hinaus in die Welt, um dem anderen, der sich zum Beispiel in den Fängen eines Drachen befindet oder in Stein verwünscht ist, Hilfe zu bringen.
Die Herausgeberin hat Märchen aus dem europäischen Raum gesammelt und schildert im Nachwort die vielen Aspekte von Geschwisterbeziehungen.

*Die Herausgeberin* Ulrike Blaschek-Krawczyk, M.A., 1953 in Bad Cannstatt geboren, studierte Germanistik und Linguistik an der Universität Stuttgart; einer der Studienschwerpunkte war das Fach Märchen.
Die Herausgeberin lebt mit ihrer Familie in Weilimdorf bei Stuttgart.
In der Reihe *Märchen der Welt* im Fischer Taschenbuch Verlag sind außerdem von ihr erschienen: ›Märchen vom Blaubart‹, ›Märchen von Liebe und Eros‹ (Bd. 10205) und, gemeinsam mit ihrer Mutter Sigrid Früh, ›Märchen von Müttern und Töchtern‹ (Bd. 11667).

# Märchen von Brüdern und Schwestern

Herausgegeben von
Ulrike Blaschek-Krawczyk

Fischer
Taschenbuch
Verlag

Märchen der Welt
Lektorat: Monika A. Weißenberger

Originalausgabe
Veröffentlicht im Fischer Taschenbuch Verlag GmbH,
Frankfurt am Main, Dezember 1993


Umschlaggestaltung: Thomas & Thomas Design, Heidesheim
Satz: Fotosatz Otto Gutfreund GmbH, Darmstadt
Druck und Bindung: Clausen & Bosse, Leck
Printed in Germany
ISBN 3-596-11629-5

*Gedruckt auf chlor- und säurefreiem Papier*

Für meine Kinder
Anja, Eva und Felix

# Inhalt

# Märchen von Brüdern und Schwestern

In den Märchen dieses Kapitels sind Geschwisterliebe, gegenseitige Hilfe, Opfermut und Erlösung die stets wiederkehrenden Motive. Kein Weg ist der Schwester zu weit, kein Abenteuer dem Bruder zu gefährlich, wenn es gilt, dem anderen beizustehen und die erlösende Hilfe zu bringen.

# Iwan aus der Erbse und Wassilissa mit den goldenen Flechten

Vor langer Zeit lebte einmal ein Zar und eine Zarin mit Namen Swjetossar. Die hatten zwei Söhne und eine Tochter, die schöner war als Sonne, Mond und Sterne und schöner noch, als man es je in einem Märchen erzählen könnte. Ihr seidenes Haar war dicht und wie aus Gold und zu langen Flechten geflochten und hing herab bis zu den Fersen. Obwohl sie in einem Turm lebte, ging dennoch die Kunde von ihrer Schönheit in alle Lande, und die Leute nannten die Zarewna nur Wassilissa mit den goldenen Flechten, die unvergleichlich Schöne.
Zwanzig Jahre lang lebte die Zarentochter abgeschlossen in ihrem Turm, behütet von Zar und Zarin und ihren Ammen und Wärterinnen. Und als die zwanzig Jahre vorübergegangen waren, ließ Zar Swjetossar Boten aussenden in alle Länder, um Zaren, Könige und Fürsten zu einem Feste zu laden, damit sich die schöne Zarewna einen Gemahl erwähle. Der Zar ging selbst in den hohen Turm, um es der schönen Wassilissa anzusagen.
Die Zarentochter freute sich von ganzem Herzen, und sie sprach: »Großmächtiger Vater, hoher Zar, noch nie lief ich über Gras und Blumen, laßt mich mit meinen Ammen und Wärterinnen im Freien lustwandeln.«
Dies gewährte der Zar, und Wassilissa mit den goldenen Flechten stieg hinab in den weiten Schloßhof und spazierte mit ihren Begleiterinnen auf der Blumenwiese. Die schöne Zarewna pflückte sich blaue Blumen und entfernte sich ein wenig von ihren Begleiterinnen, denn ein junges Herz kennt keine Vorsicht. Sie trug keinen Schleier, und

unverhüllt war ihre Schönheit. Da brach ein Sturm los, wie ihn selbst die ältesten Leute noch nicht erlebt hatten. Bäume entwurzelten, alles wurde herumgewirbelt und zerbrach. Mit einem Mal ergriff der Sturmwind die schöne Zarewna und trug sie durch die Lüfte davon. Er trug sie über Länder und über Meere, er trug sie über drei Reiche in das vierte Reich, in das Reich des grausamen Drachen. Die Ammen und Wärterinnen schrien und weinten und suchten an allen Orten, doch es war umsonst.

Sie eilten in das Schloß zurück, warfen sich dem Zaren zu Füßen und riefen: »Hoher Zar, unschuldig sind wir an deinem Unglück, wenn wir auch schuldig vor dir erscheinen. Der Sturmwind entführte unser Licht, Wassilissa mit den goldenen Flechten, die unvergleichlich Schöne, und wir wissen nicht wohin. Sprich ein Wort der Gnade, bestrafe uns nicht.«

Der Zar zürnte und war traurig, doch er begnadigte die Ammen.

Am anderen Morgen kamen die Freier ins Schloß, doch der Zar rief: »Der Sturmwind entführte meine Tochter, Wassilissa mit den goldenen Flechten, niemand weiß wohin«, und er erzählte, was geschehen war. Da glaubten die Freier, daß der Zar eine Ausrede gebrauche. Sie stürzten zu dem Turm, doch siehe, der Turm war leer. Der Zar aber beschenkte die hohen Freier reichlich, und ein jeder ritt wieder in sein Land zurück.

Die beiden Zarensöhne, Wassilissas mutige Brüder, sahen die Trauer von Vater und Mutter und baten: »Rüstet uns ein Pferd, großmächtiger Vater, segnet uns, gnädige Mutter. Wir wollen unsere Schwester, Wassilissa mit den goldenen Flechten, suchen.«

»Ach, meine Söhne, Kinder meines Herzens«, sprach der Zar traurig, »wohin wollt ihr denn reiten?«

»Wir werden reiten, wohin der Weg führt, wohin der Vogel fliegt, soweit der Himmel blau ist.« Da ließ der Zar die

Pferde für seine Söhne rüsten, die Zarin segnete sie, und sie ritten davon. Sie ritten über Berg und Tal, sie ritten kurze Wege und sie ritten lange Wege, sie ritten ein ganzes Jahr und noch ein zweites und kamen durch drei große Reiche. Endlich schimmerten von fern Berge zwischen sandigen Steppen, das Land des grausamen Drachen.
Die Zarewitsche fragten alle Menschen, die vorübergingen: »Habt ihr nicht Wassilissa mit den goldenen Flechten, die unvergleichlich Schöne, gesehen? Wißt ihr nicht, wo die schöne Zarewna ist?«
Doch die Leute sprachen nur: »Wir haben nichts von ihr gehört, wir haben sie nie gekannt«, und sie gingen rasch weiter. Endlich kamen die Zarewitsche zu einer großen Stadt. Am Tor stand ein lahmer Bettler. Die Zarensöhne gaben ihm ihr Silber und fragten auch ihn: »Hast du nicht Wassilissa mit den goldenen Flechten, die unvergleichlich Schöne, gesehen?«
»Ach, meine Freunde«, sprach der Bettler, »man merkt, daß ihr aus fremdem Lande seid. Unser Herrscher, der grausame Drache, hat bei Strafe verboten, mit Fremden zu reden. Niemand darf davon sprechen, wie der Sturmwind die schöne Zarentochter vorübertrug.«
Da ahnten die Brüder, daß ihre Schwester nahe war. Sie gaben ihren feurigen Rossen die Sporen und ritten zum Schloß des Drachen. Das Schloß war aus purem Gold und stand auf einer silbernen Säule. Das Dach war aus Edelsteinen und die Treppen aus Perlmutter. Wassilissa saß traurig an ihrem goldvergitterten Fenster. Plötzlich schrie sie laut auf vor Freude. Sie hatte die beiden Zarensöhne gesehen und ihre Brüder erkannt. Heimlich sandte sie ihnen einen Boten entgegen und ließ sie in das Schloß führen. Der grausame Drache war nicht zu Hause, und Wassilissa mit den goldenen Flechten fürchtete, daß er die Brüder kommen sähe. Doch kaum waren die beiden eingetreten, da stöhnte die silberne Säule, die perlmutternen

Treppen gingen wie Flügel auseinander, und das ganze Schloß drehte sich.

»O weh, der Drache kommt geflogen, versteckt euch, meine Brüder!«

Und schon flog der grausame Drache herbei und pfiff und rief mit lauter Stimme: »Ich spüre einen lebendigen Menschen!« Da kamen die beiden Zarensöhne aus ihrem Versteck hervor.

»Wir sind es, grausamer Drache. Wir sind gekommen, um unsere Schwester, Wassilissa mit den goldenen Flechten, zu erlösen.«

»Tapfere Burschen seid ihr«, schrie der Drache und schlug mit den Flügeln, »und doch habe ich euch schnell bezwungen.« Und er nahm den einen Bruder auf seine Flügel und erschlug damit den anderen. Dann rief er nach den Wächtern und ließ die beiden Toten in die Grube werfen. Wassilissa mit den goldenen Flechten, die unvergleichlich Schöne, weinte bittere Tränen, sie aß nicht und trank nicht und trauerte. Sie weinte und trauerte einen Tag, sie weinte und trauerte zwei Tage und drei Tage. Sie wäre am liebsten gestorben, aber ihrer Schönheit wegen beschloß sie zu leben.

Sie überlegte, wie sie sich selbst von dem Drachen befreien könnte und versuchte es mit kluger Schmeichelei: »Hoher, furchterregender Drache, groß ist deine Kraft! Ist dir kein Gegner gewachsen?«

»Die Zeit meines Gegners ist noch nicht gekommen, mein Täubchen. Es wurde mir geweissagt, mein Gegner würde aus einer Erbse geboren und heiße Iwan aus der Erbse.« Doch dies sagte der Drache nur zum Scherz, er dachte an keinen Gegner. So verläßt sich der Starke oft auf seine Kraft, und doch wird aus Scherz oftmals bitterer Ernst.

Daheim im Reich des Zaren Swjetossar trauerte die Mutter um ihre Kinder. An einem heißen Tag war sie mit ihren Bojarinnen im Garten. Sie war durstig und verlangte zu trinken. Sie schöpfte mit einem goldenen Becher das Wasser der Quelle, die in dem Garten sprudelte, und trank es hastig. Dabei verschluckte sie eine Erbse, und der Zarin wurde sonderbar zumute.

Als die Zeit gekommen war, gebar sie einen Sohn, und sie nannte ihn Iwan aus der Erbse. Der Knabe wuchs nicht nach Jahren, sondern nach Stunden und war mit sieben Jahren ein richtiger Held. Einmal fragte er Vater und Mutter, ob er keine Geschwister gehabt habe. So erzählten sie ihm, daß seine Schwester, Wassilissa mit den goldenen Flechten, vom Sturmwind davongetragen worden sei und daß die beiden Brüder vor Jahren ausgezogen seien, um sie zu suchen. Nie mehr seien sie wiedergekehrt.

»Vater, Mutter, gebt mir euren Segen, laßt mich ausziehen, meine Schwester und meine Brüder zu suchen.«

»Ach, Kind«, riefen die Eltern, »du bist noch so jung und grün. Deine Brüder waren große Helden und kamen um. Dir wird es nicht besser ergehen.«

»Mir wird nichts geschehen«, rief Iwan aus der Erbse, »ich will die Schwester und die Brüder suchen.« Und er bat so lange unter Tränen, bis ihm der Zar das Roß rüstete und die Mutter ihn zur Reise segnete.

Iwan aus der Erbse ritt davon. Er ritt einen Tag und den zweiten Tag, und des Nachts kam er zu einem Hüttchen, das auf Hühnerfüßen stand und sich immerfort drehte. Nach altem Brauch, wie es ihn die Mutter gelehrt hatte, verneigte sich Iwan aus der Erbse und sprach den Spruch:

»Dreh dich mein Hüttchen, dreh dich zu mir,
Mit dem Rücken zum Wald, mit dem Eingang zu mir.«

Und das Hüttchen drehte sich Iwan aus der Erbse zu. Aus dem Fenster sah eine grauhaarige Alte: »Wen hat Gott hierher geführt?«

Iwan aus der Erbse verneigte sich und fragte: »Großmüt-

terchen, sahst du nicht den Sturmwind fliegen? Weißt du nicht, wohin er die schönen Jungfrauen trägt?«
»Ach, wackerer Jüngling«, antwortete die Alte, »auch mich hat der Sturmwind erschreckt. Seit hundertzwanzig Jahren sitze ich in diesem Hüttchen und wage mich nicht vor die Tür, denn er könnte kommen. Aber es ist nicht der Sturmwind, der mich so ängstigt, es ist der grausame Drache.«
»Wie kann ich zu ihm gelangen?« rief Iwan aus der Erbse.
»Bleibe weg, mein Licht, er wird dich verschlingen!«
»Nein, ich will es wagen, er wird mich nicht verschlingen!«
»Vielleicht bist du der Held, der ihm vom Schicksal bestimmt ist. Wenn du den Drachen bezwingst, so nimm auch aus seinem Hort das Wasser der Jugend, denn wer sich damit besprengt, wird wieder jung.«
»Großmütterchen, ich werde dir das Wasser der Jugend bringen.«
»Mein Licht und mein Herz, ich glaube es dir. Reite nun immer geradeaus und folge dem Lauf der Sonne. Übers Jahr wirst du zum Fuchsberg kommen, dort frage weiter nach dem Weg ins Drachenreich.«
»Mein Dank sei bei dir, Großmütterchen«, verabschiedete sich Iwan, und er ritt immer mit dem Lauf der Sonne.
Schnell ist ein Märchen erzählt, doch nicht so schnell die Tat getan!
Er ritt durch drei Reiche, bis er in das Reich des Drachen kam, und dort fragte er alle Menschen, die vorübergingen:
»Habt ihr nicht Wassilissa mit den goldenen Flechten gesehen, die unvergleichlich Schöne? Wißt ihr nicht, wo die schöne Zarewna ist?«
Doch die Leute sprachen nur: »Wir haben nichts von ihr gehört, wir haben sie nie gekannt« und gingen rasch weiter. Endlich kam Iwan aus der Erbse zu einer großen Stadt.

Am Tor stand ein lahmer Bettler, dem gab er all sein Gold und Silber, das er bei sich hatte, und er fragte auch ihn: »Hast du nicht Wassilissa mit den goldenen Flechten, die unvergleichlich Schöne, gesehen? Weißt du nicht, wo die schöne Zarewna ist?«
»Ach, mein Freund«, sprach der Bettler, »man merkt, daß du aus fremdem Lande bist. Unser Herrscher, der grausame Drache, hat bei Strafe verboten, mit Fremden zu reden. Niemand darf davon sprechen, wie der Sturmwind die schöne Zarentochter vorübertrug.« Da wußte Iwan aus der Erbse, daß er seiner Schwester nahe war. Er gab seinem Roß die Sporen und ritt zum Schloß des Drachen. Wassilissa mit den goldenen Flechten schaute aus dem Fenster und sah von ferne den jungen Helden. Sie sandte ihm heimlich einen Boten entgegen, um zu erkunden, aus welchem Lande, von welchem Stamme er sei und ob er nicht von Vater und Mutter gesandt wäre.
Als sie hörte, daß Iwan aus der Erbse, der jüngste Bruder, gekommen war, lief sie ihm tränenüberströmt entgegen und rief: »O weh, fliehe, mein Brüderchen, fliehe! Gleich wird der Drache kommen, und wenn er dich erblickt, tötet er dich.«
»Schwester, das will ich nicht hören, das sollst du nicht sagen. Ich fürchte die Kraft des grausamen Drachen nicht.«
»Bist du es, der aus der Erbse geboren ist?« fragte Wassilissa mit den goldenen Flechten. »Dann kannst du ihn besiegen.«
»Warte nur, Schwester, warte. Doch erst gib mir zu trinken. Weit ritt ich durch die glühende Sonne, weit ritt ich über staubige Wege, ich bin durstig.«
»Brüderchen, was willst du trinken?« fragte Wassilissa.
»Einen Eimer voll süßen Honigmet, Schwester«, verlangte Iwan aus der Erbse. Da ließ Wassilissa mit den goldenen Flechten einen Eimer voll süßen Honigmet bringen. Iwan aus der Erbse trank ihn aus mit einem Zug und

bat um einen zweiten. Wassilissa mit den goldenen Flechten staunte und ließ einen weiteren Eimer holen.
»Bruder, jetzt glaube ich, daß du Iwan aus der Erbse bist.«
»Laß mir einen Stuhl bringen, Schwester, damit ich ein wenig ruhen kann.« Wassilissa mit den goldenen Flechten ließ einen kräftigen Stuhl herbeibringen, doch der Stuhl brach unter Iwan zusammen. Man brachte einen zweiten, mit Eisen beschlagen, doch auch dieser zerbarst.
»O Bruder«, rief die Zarewna, »das war der Sitz des Drachen«.
»Dann bin ich kräftiger als er«, lachte der Bruder.
Iwan aus der Erbse ging zum alten weisen Hofschmied und bestellte einen Stab aus Stahl und Eisen, fünfhundert Pud* schwer. Der Schmied machte sich mit seinen Gesellen sogleich an die Arbeit und schmiedete das Eisen. Die Hämmer dröhnten, und die Funken flogen. In vierzig Stunden war der Stab geschmiedet und fünfzig Männer schleppten ihn mühsam herbei, doch Iwan aus der Erbse nahm ihn mit einer Hand und warf ihn in die Lüfte. Da flog der Stab mit Donnergetöse in die Wolken und war nicht mehr zu sehen, und alles Volk lief voller Angst davon. Iwan aus der Erbse aber gab den Auftrag, ihm zu melden, wenn der Stab wieder geflogen käme, und ging ruhig ins Schloß zurück. Als drei Stunden vorübergegangen waren, schrie das ganze Volk, daß der Stab geflogen komme. Iwan aus der Erbse sprang auf den Platz hinaus und fing den Stab im Fluge auf. Er selbst beugte sich nicht, doch der Stab in seiner Hand wurde krumm. Er aber nahm den Stab, bog ihn über dem Knie wieder zurecht und kehrte in das Schloß zurück.
Plötzlich ertönte ein furchtbares Donnern und Pfeifen, und der grausame Drache flog herbei. Sein Pferd war schnell wie ein Pfeil, und Flammen schlugen aus seinen

* Ein Pud = 40 russische Pfund = 40 × 400 Gramm

Nüstern. Er sah aus wie ein Held, hatte aber den Kopf eines Drachen. Wenn er sonst auf zehn Werst* herangeflogen war, begann das Schloß zu schwanken und sich zu drehen, doch heute blieb alles ruhig und bewegte sich nicht von der Stelle. Der Drache stutzte, pfiff und schrie. Sein Sturmpferd schüttelte die schwarze Mähne, schlug mit den großen Flügeln, lärmte und wieherte. »Oho«, brüllte der Drache, »mein Gegner ist da.«
Iwan aus der Erbse trat unter die Tür.
Der Drache schäumte: »Ich nehme dich auf eine Hand und schlage mit der anderen zu, und niemand wird von dir auch nur einen einzigen Knochen finden!«
»Nimm das Maul nicht zu voll«, rief Iwan aus der Erbse und trat ihm mit dem Stab entgegen.
»Verkrieche dich, Erbschen!« höhnte der Drache vom Sturmpferd.
»Komm nur, grausamer Drache«, rief Iwan aus der Erbse und hob den Stab. Der Drache ritt ihm mit Macht entgegen und stieß mit seiner Lanze zu. Doch er stach daneben, und Iwan aus der Erbse sprang zur Seite, ohne zu straucheln.
»Jetzt ist die Reihe an mir«, rief er und schleuderte den Stab gegen den Drachen. Und siehe, der Drache wurde von der Macht des Stabes in tausend und abertausend Stücke gerissen. Der Stab aber drang in die Erde und ging durch zwei Reiche bis in das dritte Reich. Das Volk warf die Mützen in die Höhe und rief Iwan aus der Erbse zum Zaren aus.
Iwan aber wies auf den weisen Schmied, der den Stab geschmiedet hatte, und sprach zu dem versammelten Volke: »Er soll euer Herrscher sein. Gehorcht ihm zum Guten, wie ihr früher dem Drachen zum Bösen gehorcht habt.«
Danach holte Iwan aus der Erbse das Wasser des Lebens

* Werst = russisches Längenmaß, etwa 1 km (1 Werst = 1067 m)

und das Wasser des Todes und besprengte damit seine toten Brüder.
Da erwachten die Jünglinge zu neuem Leben und sprachen: »Lang haben wir geschlafen, Gott weiß, was inzwischen geschah.«
»Ach, meine lieben Brüder, ohne mich hättet ihr auf immer geschlafen«, rief Iwan aus der Erbse und drückte sie an sein Herz. Er holte aus dem Drachenhort das Wasser der Jugend, dann rüstete er ein Schiff und nahm seine Schwester Wassilissa mit den goldenen Flechten und seine Brüder mit sich. Sie zogen auf dem Schwanenfluß in die Heimat, durch drei Reiche bis in das vierte Reich.
Iwan aus der Erbse vergaß auch nicht die Alte im Hüttchen und brachte ihr das Wasser der Jugend. Sie wusch sich damit und verwandelte sich und wurde wieder jung. Singend und tanzend ging sie hinter Iwan aus der Erbse her und begleitete ihn auf dem Weg.
Zar Swjetossar und die Zarin waren voller Freude. Sie begrüßten Iwan aus der Erbse mit großen Ehren und sandten Boten in alle Welt, mit der Nachricht, daß Wassilissa mit den goldenen Flechten durch ihren Bruder von dem grausamen Drachen erlöst sei. Die Geschütze donnerten, die Trompeten bliesen und alle Glocken läuteten. Wassilissa fand den Bräutigam ihres Herzens, und auch Iwan aus der Erbse fand eine Braut.
Das war ein Fest! Der Met floß in Strömen, die Großväter der Väter waren auch mit dabei und tranken und schmausten. Der Honigmet floß bis zu uns, er floß über unseren Bart, aber in den Mund gelangte er nicht mehr. Gewiß ist aber, daß Iwan aus der Erbse nach dem Tode des Vaters die Zarenkrone empfing. Er herrschte voll Ruhm, und noch viele Geschlechter feierten seinen Namen.

[Märchen aus Rußland]

# Die drei Raben

Es war einmal eine Frau, die erwartete Besuch und hatte deshalb drei Pasteten gebacken und in den Keller gestellt. Sie hatte aber drei Söhne, die besaßen gar feine Nasen und rochen die Fleischkuchen im Keller und stiegen hinab und aßen sie ganz heimlich miteinander auf. Als nun die Mutter die Pasteten holen wollte, waren alle fort. Da wußte sie gar nicht, wer sie gegessen haben mochte, und war ganz ärgerlich und sprach für sich: »So wollt' ich doch, daß die Pastetenfresser auf der Stelle zu Raben würden!«

Und sogleich flogen ihre drei Söhne als schwarze Raben in der Stube herum und dann zum Fenster hinaus. Ehe sie aber fortflogen, riefen sie aus der Luft noch ihrer einzigen Schwester zu: »Besuch' uns auch, liebes Schwesterlein, über's Jahr in dem Schlosse auf dem gläsernen Berg! Du mußt aber zwei Hühnerfüße mitbringen, um hineinzukommen, und findest du uns nicht zu Hause, so mußt du ein wenig warten.«

Dann schwangen sie sich hoch in die Luft dem gläsernen Berg zu. Ihre Schwester sah ihnen lange nach, bis sie so klein wurden wie Pünktchen und ihr Auge sie zuletzt gar nicht mehr von dem blauen Himmel unterscheiden konnte. Da war sie sehr traurig und ihre Mutter noch viel mehr, weil sie, ohne es zu wissen, ihre eigenen Söhne zu Raben verwünscht hatte.

Als nun das Jahr herum war, ließ die Schwester sich nicht länger halten und machte sich, so ungern es die Mutter sah, ganz allein auf den Weg nach dem gläsernen Berg, um ihre drei verwünschten Brüder zu besuchen. Sie nahm, wie die

Brüder ihr gesagt hatten, zwei Hühnerfüße mit und fand den Weg zu dem Berg und zu dem Schloß. Sie trat ein, als es halb zwölf Uhr war. Das Mittagessen stand bereit, aber von den Raben war weit und breit nichts zu sehen und zu hören. Sie nahm vom ersten Gedeck einen Löffel und aß damit von dem zweiten Teller und trank aus dem Glase, das ihrem dritten Bruder gehörte. Dann durchsuchte sie das ganze Schloß, aber sie fand weder einen Menschen noch sonst ein lebendiges Wesen. Da wurde ihr unheimlich zumute, und sie verkroch sich in einen Backofen.

Kaum hatte sie darin gelegen, da kam die Mittagsstunde, und mit dem zwölften Schlag hörte sie auch die Raben schreien und durch das Fenster fliegen. Die merkten sogleich, daß ein Mensch in dem Schloß sein müsse und sagten: »Unser Schwesterlein ist da.«

»Ja«, sagte der erste, »sie hat meinen Löffel genommen.«

»Und sie hat von meinem Teller gegessen«, sagte der zweite.

»Sie hat aus meinem Glas getrunken«, fügte der dritte hinzu. Dann suchten sie so lange, bis sie endlich im Backofen ihre Schwester gefunden hatten. Die kam heraus und ging mit den Brüdern zu Tisch und aß und trank, und alle waren recht vergnügt dabei. »Ach«, sagte aber dann die Schwester, »wenn ich euch nur erlösen könnte, daß ihr wieder Menschen würdet! Ist denn das ganz unmöglich?«

»Unmöglich ist es nicht«, sagten die Brüder, »aber schwer, sehr schwer. Du müßtest sieben Jahre lang im Wald alleine zubringen, und kein Wort dürfte über deine Lippen kommen, dann würden wir erlöst sein und unsere Menschengestalt wiederbekommen.«

»Oh«, rief die Schwester, »wenn es weiter nichts ist, so soll es schon gehen. Ich will euch gewiß erlösen!« Darauf nahm sie Abschied von ihren Brüdern und ging tief in den Wald hinein. Nachdem sie hier von Kräutern und Beeren eine Zeitlang ganz einsam gelebt hatte, begegnete ihr eines Tages ein Jäger, der redete sie an und fragte hin und her, bekam aber auf keine Frage eine Antwort. Das tat ihm leid, denn das Mädchen war sehr schön und gefiel ihm so gut, daß er sich in sie verliebte und sie gar zu gern in seine Hütte geführt und geheiratet hätte. So fragte er, ehe er wieder fortging, ob sie ihn nicht heiraten möge. Da nickte sie, und nun nahm er sie vergnügt mit in sein Jägerhaus und hielt Hochzeit mit ihr.

Der Jäger aber hatte viel im Wald zu tun und war selten daheim. Oft mußte er viele Tage abwesend sein und seine junge Frau allein lassen. So war er auch wieder einmal in einer ganz anderen Gegend des Waldes, als seine Frau ein Söhnchen bekam.

Die Hebamme aber war eine böse Frau und konnte die Jägersfrau nicht leiden, weil sie nie einen Laut von sich gab, selbst bei der Geburt ihres Kindes nicht. Sie schrieb deshalb dem Jäger, seine Frau habe einen Hund zur Welt gebracht, und was er damit anfangen wolle. Der Jäger antwortete, man solle die Mißgeburt ins Wasser werfen. Das tat die Hebamme sogleich, ohne daß die arme Mutter etwas dagegen tun oder sagen durfte.

Kaum hatte aber die Hebamme den Knaben ins Wasser geworfen, so kamen drei Raben herbeigeflogen, zogen ihn heraus und nahmen ihn mit auf ihr Schloß und zogen ihn auf. Der Jäger aber hatte seine Frau noch genauso lieb wie vorher und freute sich, als sie bald hernach wieder guter Hoffnung wurde. Es traf sich jedoch auch diesmal, daß er weit weg war, als seine Frau niederkam und zum zweiten Male ein Söhnchen zur Welt brachte. Die böse Hebamme schickte dem Jäger abermals eine Botschaft, seine Frau habe wieder einen Hund geboren. Und der Jäger gab zur Antwort, man solle ihn ins Wasser werfen. Da nahm die Hebamme auch den zweiten Sohn und warf ihn in ein tiefes Wasser. Aber da kamen sogleich wieder die Raben und

retteten das Kind. Sie brachten es auf das Schloß zu seinem Brüderchen, wo es keine Not zu leiden brauchte.
Der Jäger war nun bekümmert. Er glaubte aber, dies sei eben eine Fügung des Himmels, die er in Geduld ertragen müsse. Deshalb war er zu seiner Frau nicht minder lieb und freundlich als früher. Als sie aber zum dritten Male in seiner Abwesenheit ein Söhnchen bekam und die falsche Hebamme ihm schrieb, seine Frau habe ihm nochmals einen Hund geboren, da schrieb er zurück, man solle den Hund sogleich ersäufen. Aber nun war es ihm mit der Frau zu arg, und je mehr er darüber hin und her dachte, um so gewisser wurde es ihm, daß sie eine gottlose Hexe sein müsse, weil der Himmel sie so sichtbar strafe. Da ging er heim und ließ auf der Stelle einen Scheiterhaufen errichten und die Frau daraufbinden, um sie lebendigen Leibes zu verbrennen. »Ach, Gott im Himmel«, dachte die arme Frau »gibt es denn keine Rettung für mich?« Noch immer durfte sie kein Wörtchen reden.
Als nun aber der Holzhaufen angezündet wurde und der Rauch schon in dicken schwarzen Wolken aufstieg und die Frau einhüllte, da waren gerade die sieben Jahre auf Stunde und Minute herum. In dem Augenblick kamen drei glänzend weiße Reiter auf schneeweißen Pferden dahergesprengt, jeder hatte einen hübschen Knaben im Arm, und sie riefen: »Haltet ein! Haltet ein! Nehmt die Frau vom Scheiterhaufen herunter!« Das waren ihre Brüder, die jetzt erlöst waren, und sie sprachen: »O liebe Schwester, wir sind wieder Menschen, nun darfst du wieder sprechen!«
Da erzählte sie ihrem Mann, weshalb sie so lange habe schweigen müssen. Als nun ihre Unschuld an den Tag gekommen war, wurde die boshafte Hebamme an ihrer Stelle auf dem Scheiterhaufen verbrannt. Weil aber der Jäger so leichtgläubig gewesen war und seine Frau für eine Hexe gehalten hatte, so wollten ihre Brüder sie ihm

nicht länger lassen. Sie nahmen sie mit und behielten sie und die drei Knaben bei sich, bis an ihr Ende. Und sie vergaßen niemals, was die treue Schwester für sie getan und ausgestanden hatte. [Märchen aus Schwaben]

# Die beiden Försterskinder

Es waren einmal zwei Försterskinder, jung von Jahren und schön von Angesicht. Ein junger Bursche und eine Jungfrau, die hatten beide ihren Schatz, aber sie durften nicht heiraten, denn die Eltern wollten es nimmer erlauben.

Da sagte der Junge eines Abends: »Schwesterchen, ich halte es nicht länger aus, wir wollen fliehen!« Und als die Schwester damit einverstanden war, zog der Bruder geschwind die beiden Pferde aus dem Stall, sattelte sie, zäumte sie auf,und sie ritten auf und davon. Doch der Wald war sehr groß und wollte und wollte kein Ende nehmen. Drei Tage und drei Nächte waren sie schon geritten, und mit einem Mal vernahmen sie ein großes Geschrei, als ob viele Leute miteinander zankten.

»Warte auf mich«, sprach der Bruder, »ich will sehen, was da los ist.« Da hielt die Schwester die Pferde, und der Bruder ging in die Richtung, aus der das Geschrei ertönte.

Es dauerte auch gar nicht lange, da kam er zu einem Hügel, auf dem standen drei Riesen, die zankten sich um ihr Erbteil.

»Wo kommst du her?« riefen sie. »Kommst du etwa von unserem Vater im Himmel, daß du Schiedsrichter zwischen uns seist?«

Der Junge antwortete: »Richtig geraten! Euer Vater schickt mich, denn er kann es nicht länger mit ansehen, daß ihr euch gegenseitig in den Haaren liegt. Vor allen Dingen aber soll ich nachsehen, ob das Erbteil noch so ist, wie er es euch hinterlassen hat.«

Da gaben ihm die Riesen einen Ring, der die Kraft von zehn Riesen in sich barg. Den steckte der Junge an seinen Finger. Dann brachten sie ihm einen Mantel, der unsichtbar machte, einen Geldbeutel, in dem das Geld nie alle wurde, und ein Schwert, das alles durchschlug, Stahl und Stein. Es war jedoch sehr schwer, und es gehörte der Ring dazu, um es tragen zu können.
Nachdem der Junge die vier Sachen hatte, sprach er: »Das wußte ich nicht, daß es Wunschdinge sind. Nun muß ich doch noch einmal zu eurem Vater in den Himmel und fragen, ob der Älteste zwei Dinge erhalten soll.«
»Lauf nur, wir warten hier unten!« riefen die Riesen. »Wenn es drei Sachen wären, hätten wir uns schon längst geeinigt.« Da schlug der Junge den Mantel um sich und wurde unsichtbar und lief zu seiner Schwester. Die Riesen aber glaubten, er wäre in den Himmel gestiegen, und warteten und warteten, daß er zurückkäme. Am Ende sitzen sie auch heute noch da.
Bruder und Schwester ritten indes immer weiter, und die Schwester war neugierig, was ihr Bruder gesehen hätte. Der sagte nur, es sei nichts Besonderes gewesen. Nach einer Weile kamen sie an eine gewaltig hohe Felsmauer. Daran ritten sie einen ganzen Tag entlang, aber es war immer noch kein Ende abzusehen. Der Junge wurde schließlich zornig und schlug mit der Faust gegen den Fels. Da gaben die schweren Steine nach, und es war ein so großes Loch in der Mauer, daß sie mit ihren Pferden nebeneinander durchreiten konnten. Das hatte der Ring bewirkt, den er am Finger trug.
Jenseits der Mauer lag das Land der Riesen, und ihr König wohnte in einem großen, prächtigen Palast. Der war der Kleinste unter ihnen, und gerade darum hatten ihn die anderen zu ihrem König gewählt. Denn die Riesen denken »Je kleiner, je klüger.« Doch er war immer noch weit länger und breiter, als die Menschen es sind. Bruder und

Schwester ritten geradewegs auf das Schloß zu, und der Riesenkönig nahm sie gastlich auf. Da dieser ein Freund von schönen Frauen war, so tat es ihm die Jungfrau an, und er verliebte sich in sie. Als der Bruder eines Tages auf die Jagd geritten war, fragte er das Mädchen, ob es ihn nicht heiraten wolle. »Wenn mein Bruder nicht wäre, dann täte ich es schon«, sagte das gottlose Ding. Von da an trachteten die beiden danach, wie sie den Jungen ums Leben bringen könnten.

»Höre, ich hab's gefunden!« rief der Riesenkönig. »Ich habe in meinem Garten einen Apfelbaum, der trägt goldene Früchte. Den werde ich von fünfzig Riesen bewachen lassen und ihnen den Befehl geben, keinen Menschen an den Baum zu lassen. Du aber stellst dich krank, und wenn dein Bruder nach Hause kommt, dann bittest du ihn, daß er dir ein paar Äpfel besorge.« Und so geschah es auch. Als der Bruder von der Jagd zurückkehrte, lag die Schwester im Bett und weinte und jammerte und sagte, sie fühle den Tod kommen. »Gibt es denn gar keine Hilfe mehr?« fragte der Bruder und weinte.

Da sagte die Falsche: »Vorhin träumte ich, daß ich wieder ganz gesund würde, wenn du mir ein paar von den goldenen Äpfeln brächtest, die in des Riesenkönigs Garten wachsen.«

»Wenn es weiter nichts ist«, rief der Junge, »so sollst du bald gesund werden!« Er warf den Wunschmantel um, nahm das Schwert in die Hand und ging in den Garten. Da sah er vor dem Baum die fünfzig Riesen, und als er merkte, daß sie keinen durchlassen wollten, da schwang er sein Schwert und schlug ihnen die Köpfe ab. Nur zwei ließ er übrig, die fielen nämlich vor ihm auf die Knie und baten, er möge sie verschonen. Er dürfe sich auch so viele Äpfel nehmen, wie er nur haben wolle. Da brach er sich einige Äpfel und brachte sie seiner Schwester ins Schloß. Sie aß davon und sagte, geholfen hätte es wohl, aber ganz

gesund sei sie noch immer nicht. Da antwortete ihr Bruder: »So kann ich dir nicht helfen«, und ging wiederum auf die Jagd.
»Was ist das für ein Held!« rief der Riesenkönig furchtsam, als der Junge davongelaufen war.
»Oh, er kann noch mehr«, antwortete die Schwester, »so leichten Kaufs werden wir ihn nicht los.«
»Ich weiß noch etwas«, sagte der Riesenkönig, »das bringt ihn gewiß ums Leben. Ich habe einen Brunnen im Garten, das ist der Brunnen des Lebens. Davor liegen zwei gewaltige Löwen an der Kette, die zerreißen jeden, der daraus Wasser schöpfen will.« Das war der Jungfrau lieblich zu hören, und als ihr Bruder von der Jagd zurückkehrte, sprach sie zu ihm: »Als du fort warst, fiel ich in einen tiefen Schlaf. Es träumte mir, wenn ich vom Brunnen des Lebens, der im Garten des Riesenkönigs ist, Wasser bekäme und davon tränke, so würde ich gesund werden.«
»Sei unbesorgt, Schwesterchen, ich werde dir helfen«, sagte der Bruder, nahm eine Flasche und ging damit in den Garten. Wie er jedoch aus dem Brunnen schöpfen wollte, fuhren die grimmigen Löwen auf ihn los. Da nahm er sein Schwert und schlug den Löwen mit einem Schlag in zwei Teile. Als das die Löwin sah, streckte sie sich nieder und wedelte mit dem Schwanz und leckte ihm Hände und Füße. »Wenn du mir treu sein willst, so will ich dich von der Kette lösen«, sagte der Junge. Und als er von dem Wasser geschöpft hatte, band er die Löwin von der Kette los, und sie folgte ihm nach, wohin er auch ging.
Als der Junge mit der Löwin ankam, geriet der Riesenkönig in großen Schrecken und wäre am liebsten aus dem Schlosse gelaufen. Die Schwester aber trank vom Wasser des Lebens und sagte, es wäre ihr nun schon viel besser zumute, aber ganz gesund sei sie doch noch nicht. Das konnte der Junge nicht ändern, und er ging wie gewöhnlich fleißig auf die Jagd.

Eines Tages sah er im Walde einen hohen, steinernen Turm, und als er näherkam, erblickte er eine Jungfrau, die sah zum Fenster heraus und klagte dem lieben Gott ihre Not. »Wer bist du?« fragte der Junge.

»Ich bin die Tochter des Königs von England«, sagte das Mädchen, »der Riesenkönig hat mich geraubt, und weil ich ihn nicht heiraten wollte, so hat er mich bei Wasser und Brot in diesen Turm gesperrt. Hier sitze ich nun schon vier Jahre.« Der Junge schlug mit der Faust gegen die Tür, daß sie in tausend Stücke sprang. Dann holte er die Prinzessin aus dem Turm und brachte sie an den Meeresstrand. An den Wipfel eines Baumes band er sein Taschentuch, daß es den Schiffern ein Zeichen wäre, wenn sie vorübersegelten. Es dauerte auch gar nicht lange, so kam ein Schiff, und die Schiffsleute setzen ein Boot aus und fuhren an Land. Der Junge gab ihnen aus dem Wunschbeutel tausend Goldstücke, damit sie die Prinzessin nach England brächten, zu ihrem Vater. Die Schiffsleute versprachen, die Prinzessin wohlbehalten nach England zu bringen, und segelten bald weiter. Unterwegs nahmen jedoch der Kapitän und der Steuermann die Prinzessin beiseite. Sie sollte schwören, daß sie von ihnen erlöst worden sei, sonst würde sie ins Meer geworfen. Da bekam die Prinzessin große Furcht und schwor, was sie von ihr verlangten. Als sie nun in England ankamen, sagte sie ihrem Vater, dem König, daß die fremden Schiffer sie erlöst hätten. Aber als er sprach, dann müsse sie nun einen von ihnen zum Mann nehmen, antwortete sie, die Lust zum Heiraten sei ihr vergangen. Da wurden die Schiffer mit einer großen Belohnung abgefunden, und die Prinzessin baute ein Krankenhaus, in dem alle kranken Wanderer Aufnahme fanden, woher sie auch stammen mochten.

Wir wollen sie aber jetzt bei ihren Kranken lassen und sehen, was inzwischen aus dem Jägerssohn geworden ist.

Nachdem er ein paar Wochen im Schloß zugebracht

hatte, war er des Lebens im Riesenlande überdrüssig und sagte zu seiner Schwester: »Komm, wir wollen weiterziehen!«

»Nicht doch, mein Bruder«, antwortete die Schwester, »ich bin noch immer krank und schwach. Ich kann weder reiten noch fahren. Heute nacht hatte ich wieder einen Traum. Da sagte mir eine Stimme, ich würde wieder ganz gesund werden, wenn du mir sagtest, woher du deine große Stärke hast.« Das wollte der Bruder zwar nicht offenbaren, aber die Schwester bekam ihn doch mürbe, denn sie legte sich zu Bett und stöhnte und ächzte, als sei ihr letztes Stündlein nahe, und wenn dann der Bruder kam und sie trösten wollte, so schalt sie ihn einen Mörder, der seine Schwester eher sterben ließe, als sein Geheimnis zu verraten. Endlich wurde seine Seele müde und matt, und er erzählte ihr alles. Als er nun im Bett lag und schlief, schlich sich seine Schwester in die Stube und stahl ihm den Mantel, den Beutel und das Schwert. Zu guter Letzt streifte sie ihm auch ganz sachte den Ring vom Finger, und da war er nicht stärker als andere Menschen auch. Die Jungfrau brachte die Wunschdinge dem Riesenkönig, und der schloß sie in den Kasten. Dann stand er auf, ging zu dem Jungen in die Schlafkammer, riß ihn aus dem Bett und sprach zu ihm: »Jetzt sollst du den Lohn dafür bekommen, daß du mir die achtundvierzig Riesen und den Löwen erschlagen hast.«

Der Junge wollte sich zur Wehr setzen, aber nun merkte er bald, was geschehen war und warum sich seine Schwester immer so krank gestellt hatte. Der Riesenkönig befahl den beiden Riesen, die der Junge damals verschont hatte, sie sollten ihn in den Wald bringen und ihm die Zunge herausschneiden und die Augen ausstechen. Als sie jedoch die Messer zückten, fiel er auf die Knie und bat sie, ihm doch die Zunge zu lassen, damit er nicht Hungers stürbe. Da dachten die beiden Riesen daran, wie er auch sie verschont hatte, und stachen ihm nur die Augen aus. Dann nahmen sie das Junge der Löwin, die ihrem Herrn nachgefolgt war, töteten es und schnitten ihm die Zunge aus und brachten darauf die Augen und die Zunge dem Riesenkönig. Der feierte sogleich Hochzeit mit der gottlosen Jungfrau, und sie lebten vergnügt und fröhlich, wie gottlose Leute eben nur leben können.

Der arme Blinde saß indessen im Walde und wußte nicht aus noch ein. Doch als er durstig war, kam die Löwin zu ihm, und er trank von ihrer Milch, und die Tiere des Waldes kamen und trugen ihm Wurzeln und Beeren und Nüsse herbei. So verging ein ganzes Jahr. Nach und nach war er jedoch zum Strand gelangt, und hier traf er eines Tages Seeleute, die süßes Wasser schöpfen wollten. Als er ihre Stimmen hörte, bat er sie: »Nehmt mich mit, ihr lieben Leute, wohin es auch sei.«

Da antworteten die Schiffer: »Wir segeln nach England und wollen dich gerne mitnehmen. Die Löwin mußt du aber wegschicken, die sieht so furchterregend aus, daß wir nicht wagen näherzukommen.«

»Sie tut euch nichts«, sagte der Junge. Doch weil die Seeleute darauf bestanden, schickte er endlich die Löwin fort und ging an Bord. Ehe sie sich versahen, war die Löwin dem Schiff nachgeschwommen und die Schiffswand emporgeklettert. Da floh die Mannschaft auf die Masten und der Kapitän und der Steuermann in die Kajüte. Die Löwin wedelte aber mit dem Schwanz, daß einer nach dem anderen wieder auf Deck kam, und schließlich freuten sie sich allesamt über das Tier. Wind und Wetter waren gut, und nach schneller Fahrt ging das Schiff im Hafen der Hauptstadt von England vor Anker. Der Kapitän war ein guter Mann und sorgte sogleich dafür, daß der blinde Fremdling in das Krankenhaus der Prinzessin gebracht wurde. Einige Leute waren schon zur Königstochter geeilt und meldeten ihr, ein blinder Mann mit einer Löwin sei von einem Schiffer in das Krankenhaus gebracht worden. Nun kam die Prinzessin selbst, und als sie den blinden Mann erblickte, herzte und küßte sie ihn. Der Blinde wurde sogleich in die Kutsche getragen, und sie fuhren auf das Schloß zum König. Hier mußte er alles erzählen, und als der König erfuhr, daß nicht die Schiffer, sondern er die Prinzessin erlöst hatte, wußte er wohl, warum seine Tochter nicht hatte heiraten wollen. Noch am selben Tag wurde nun Hochzeit gefeiert.

Nach einigen Wochen führte die Königstochter ihren Mann in den Wald, und als sie eine Weile gegangen waren, wurde er durstig und bat sie, ihn zu einer Quelle zu führen. Und als er getrunken hatte, konnte er besser sehen als zuvor, denn er hatte von einer Wunderquelle getrunken, die den Blinden das Augenlicht wiederzugeben vermochte. Nun war die Freude groß, und der alte König gab sogleich seinem Schwiegersohn die Regierung und setzte sich zur Ruhe. »Nein, das darf ich noch nicht«, entgegnete dieser, »zuvor muß ich an meiner Schwester und an dem Riesenkönig Rache nehmen.« Die Prinzessin weinte und bat ihn, sie nicht zu verlassen, aber er hörte nicht darauf. Ein Kriegsschiff wurde gerüstet, die Anker gelichtet und das Schiff segelte ab.

Nachdem sie in die Nähe des Riesenlandes gekommen waren, sagte der Prinz zu den Mannschaften: »Wenn ich in acht Tagen nicht wieder zurück bin, so bin ich tot. Dann fahrt ohne mich nach England!« Er ließ sich an Land setzen und eilte dann zur Mauer, die das Riesenland umgab. Er vermochte jedoch keinen der Felsbrocken zu rücken und zu rühren, so sehr er sich auch Mühe gab. Da überfiel ihn Verzweiflung, denn wenn er sich nicht rächen konnte, wollte er auch nicht länger leben. Er setzte sich unter einen Baum, zog sein Schwert und wollte es sich gerade ins Herz stoßen. Da fiel eine Maus vom Baume herab, und die sprach: »Ich kann dir helfen.«

»Wie wolltest du mir helfen können?« fragte der Prinz.
»Ich bin der Mäusekönig«, erwiderte das Tierchen, »und mir gehorchen alle Mäuse der ganzen Welt.«
»Das ist etwas anderes«, sprach der Prinz. »Wenn du deinen Mäusen den Befehl gibst, daß sie unter die Felsenmauer einen Gang graben und mir aus dem Schloß des Riesenkönigs den Ring holen, den er in einen Kasten geschlossen hat, so sollst du deine Freiheit wiedererlangen.«
Da pfiff der Mäusekönig, und sogleich kamen Mäuse zuhauf. Sie gruben flink einen Gang unter die Felsenmauer, und ehe der Prinz sich versah, waren sie wieder bei ihm. Eine Maus trug den Ring im Schnäuzchen, und drei andere halfen tragen. Der Prinz streifte den Ring an den Finger und ließ den Mäusekönig laufen. Jetzt hatte er wieder die Kraft von zehn Riesen, und als er gegen die Mauer schlug, brach sie auseinander, und er schritt in das Riesenland. Der Riesenkönig saß mit seiner Frau im Garten, und sie lachten und scherzten und bemerkten gar nicht, daß der Prinz ins Schloß ging, den Kasten öffnete und das Schwert, den Mantel und den Beutel herausnahm. Darauf ging er in den Garten, packte den Riesenkönig und seine Schwester und band sie mit Weidenruten fest aneinander. Dann rief er die beiden Riesen, die ihn damals hinausführen mußten, und befahl ihnen, dem König und seiner Frau auf derselben Stelle, wo sie ihn ausgesetzt hatten, die Augen auszustechen und die Zungen auszuschneiden. Alles Wimmern und Winseln half nun nichts! Es wird nicht lange gedauert haben, bis die beiden ein Fraß der wilden Tiere wurden.
Der Prinz sprach nun zu den Riesen: »Euch zwei will ich zu Königen machen, über das ganze Riesenland. Haltet Frieden und Eintracht untereinander, sonst komme ich wieder, und es ergeht euch wie den beiden im Walde.«
Da versprachen ihm die Riesen, sie wollten ihm in allem

gehorsam sein, und sie haben auch Wort gehalten. Der Prinz ging wieder an Bord, und sie fuhren mit günstigem Wind nach England. Er wurde jetzt König und lebte mit seiner jungen Frau in Glück und Frieden. Und wenn sie nicht gestorben sind, so leben sie gewiß noch heute.

[Märchen aus Pommern]

# Das Mädchen mit den goldenen Zöpfen

Ein König hatte einen Meier in der Nähe seines Schlosses. Dieser starb und hinterließ einen Sohn namens Tilio und eine Tochter. Sie war ein wunderschönes Mädchen, aber auf ihr lag ein Zauberbann. Sobald ein Sonnenstrahl auf sie fiele, würde sie in den Bauch eines Walfisches verwünscht werden. Drei wunderbare Eigenschaften zeichneten sie aus: sie hatte goldene Haare, sie brauchte nur ihre Hände zu reiben, und schon rieselten Weizenkörner zu Boden, und wo sie den Fuß hinsetzte, da hinterließ sie Spuren von reinstem Golde. Der König hatte sie jedoch nie gesehen, weil sie ihre Kammer noch nie verlassen hatte.
Mit der Zeit kam dem König die Lust zu heiraten, und da Tilio bei ihm in Gnaden stand, zog er ihn ins Vertrauen und wünschte, seinen Rat zu hören. Tilio schlug nun viele Prinzessinnen und edle Fräulein vor, aber keine wollte dem König gefallen. Endlich erzählte er von seiner wunderschönen Schwester und ihren zauberischen Eigenschaften. Da wollte der König sie unbedingt sehen und befahl Tilio, mit einer Hofkutsche nach Hause zu fahren und seine Schwester zu holen. Die Kutsche war ganz und gar geschlossen, und so willigte die Schwester ein, in den Wagen zu steigen und mit aufs Königsschloß zu kommen. Am Wegesrand begegneten ihnen zwei Frauen, eine alte und eine junge. Das waren häßliche Hexen, und sie stellten sich, als könnten sie vor Müdigkeit nicht mehr weiter.
»Herr«, flehten sie kläglich, »nehmt uns in Eurem Wagen mit, sonst müssen wir hier verschmachten.« Tilio wollte davon nichts hören, aber seine Schwester bat so sehr, daß

er endlich beide in den Wagen einsteigen ließ. Sogleich bohrte die alte Hexe unbemerkt ein Loch, so daß ein Sonnenstrahl auf das schöne Mädchen fallen konnte, und im gleichen Augenblick saß sie auch schon im Bauche eines Walfisches.
Der König wartete schon auf Tilio. Das war aber eine Überraschung, als er die Kutsche öffnete und statt der schönen Schwester die zwei häßlichen Hexen ausstiegen. Sogleich wies er ihnen zwei Kammern im hintersten Teil des Schlosses zu. Über Tilio ergoß sich aber der Zorn des Königs in vollem Strome, und der konnte nicht reden und nichts erklären, denn ein Zauber der Hexen lastete auf ihm. Zur Strafe mußte er künftig die Gänse hüten. Schon am nächsten Morgen trieb Tilio die Tiere auf die Weide.
Immer weiter und weiter entfernten sie sich vom Schloß, bis sie schließlich ans Ufer des weiten Meeres kamen. Da rief Tilio: »Walfisch, lieber Walfisch, reiche mir sieben Ellen Bänder heraus, damit ich meine Schwester sehen kann!« Und sie kam tatsächlich heraus und tröstete den traurigen Bruder. Sie rieb ihre Hände, und die Gänse pickten die Weizenkörner, die herabfielen, begierig auf.
Tag für Tag kam Tilio nun zum Meer und sah seine Schwester. Die Gänse wurden dabei schön fett, und sooft sie abends nach Hause getrieben wurden, schnatterten sie:

Wir waren draußen am Meeresstrand
und hielten ein Mahl gar reichlich und fein.
Wir sahen Tilios Schwesterlein.
Sie ist so schön, so schön wie ein Stern,
bald wird sie die Braut unseres Herrn!

Das hörte auch der König öfters und sagte zu sich: »Ei, was soll denn das Geschnatter dieser Tiere bedeuten?«, denn er konnte sich den Sinn dieser Worte nicht erklären.

Derweil grämten sich die beiden Hexen, und sie brüteten über einem Plan, wie sie den verhaßten Tilio verderben könnten.
Sie verstanden es, dem König zu hinterbringen, Tilio sei ein Zauberer und verstünde es, in einer Nacht die schönsten Blumen und Bäume in den Schloßgarten zu zaubern. Da rief ihn der König zu sich und befahl ihm, seinen Garten mit den schönsten Pflanzen zu schmücken. Vergebens widerstrebte Tilio, der König ließ sich nicht umstimmen und sprach: »Wenn du in drei Tagen nicht getan hast, was ich dir befohlen habe, dann ist dein Leben verwirkt!«
Traurig trieb Tilio am folgenden Tag die Gänse hinaus auf die Weide. Als er zum Meer kam und seine Schwester wiedersah, da erzählte er ihr sogleich, was ihm der König befohlen hatte. Sie aber tröstete ihn und sagte: »Kehre heute abend den Garten rein aus, und morgen wirst du schon sehen!« Tilio folgte dem Rat seiner Schwester, und am nächsten Morgen erfüllte der Duft der herrlichsten Blumen den ganzen Schloßgarten. Es war eine Farbenpracht, wie man sie noch nie gesehen hatte. Der König nahm Tilio nun wieder in Gnaden auf und wünschte, er solle bei ihm im Schloß bleiben. Der erbat sich aber, Gänsehirt bleiben zu dürfen, sonst hätte er ja seine Schwester nicht mehr jeden Tag sehen können.
Die beiden Hexen ruhten nicht und hinterbrachten dem König, Tilio könne auch Brücken und Stege jeder Art in den Garten zaubern. Und wieder drohte der König Tilio, er habe sein Leben verwirkt, wenn er seinen Wunsch nicht erfülle. Tilio ging am nächsten Morgen hinaus an den Meeresstrand zu seiner Schwester und erzählte ihr, was ihm der König nun befohlen hatte. Sie sprach: »Kehre heute abend die Mauern des Schlosses von Staub und Spinnweben rein, und morgen wirst du schon sehen!« Tilio tat, wie ihn seine Schwester geheißen, und am näch-

sten Morgen standen im Schloßgarten überall zierlich geschwungene Brücken und Stege. So viel Gold und gleißenden Zierat hatte der König noch nie gesehen, und wieder wollte er Tilio in Gnaden aufnehmen. Der wünschte sich aber keine andere Gnade als die, Gänsehirt bleiben zu dürfen. Die beiden Hexen schäumten vor Wut. Zum drittenmal streuten sie ein Gerücht aus und hinterbrachten dem König, Tilio könne Quellen und Bäche voller Fische in den Schloßgarten zaubern. So sehr sich Tilio gegen den Befehl des Königs auch sträuben mochte, es half ihm alles nichts. Er mußte ihn ausführen, sonst hätte er sein Leben verwirkt. So ging er am nächsten Morgen mit seinen Gänsen abermals hinaus an den Meeresstrand und besprach sich mit seiner Schwester. Diese sagte: »Gehe zurück ins Schloß und kehre wieder den Garten rein, und morgen wird der Wunsch des Königs erfüllt sein. Du mußt aber achtgeben, wenn die Fische in den Garten kommen. Der letzte wird ein großer Walfisch sein, und aus dem werde ich herausspringen. In dem Augenblick mußt du mich auffangen, dann bin ich von meinem Zauberbann erlöst.«

Tilio folgte auch dieses Mal dem Ratschlag seiner Schwester. Der König hatte für den folgenden Morgen viele vornehme Herren und Ritter eingeladen, und als der Tag anbrach, da flossen Quellen und Bäche mit frischem, kristallklarem Wasser durch den Schloßgarten. Als der König mit seinen Gästen gekommen war, begann auch der Zug der Fische. Zuerst kamen die kleinen, die glänzten in allen Farben des Regenbogens, dann kamen die größeren in allerlei seltsamen Farben und Gestalten, und zum Schluß kamen die Walfische. Ganz am Ende des Zuges kam der größte von allen, der öffnete plötzlich seinen Rachen und heraus sprang eine Jungfrau von blendender Schönheit. Tilio stand schon bereit, seine Schwester aufzufangen.

Nun war aller Zauber gelöst, und Tilio erzählte dem König, wie das alles gekommen war. Da wurden die beiden Hexen auf einem hohen Scheiterhaufen verbrannt. Der König nahm nun Tilios Schwester zur Frau, und es gab eine lustige, fröhliche Hochzeit, wie nie eine zuvor im Land gefeiert wurde. [Märchen aus Wälschtirol]

# Die beiden Goldkinder

Vor vielen, vielen Jahren geschah es einmal, daß zwei Mägde im Feld, nicht weit von der Landstraße, arbeiteten. Die eine rupfte Hanf, die andere schnitt Korn. Sie sprachen aber miteinander von mancherlei und waren lustig und guter Dinge. Auf einmal kam auf einem stattlichen Roß der junge König herangeritten. Die Mägde ließen von ihrer Arbeit, standen und staunten. Als der König ganz nahe war, grüßte er die Jungfern freundlich, und da rief die jüngere gleich der älteren zu: »Wenn mich der König zum Weibe nähme, würde ich ihn und seinen ganzen Hof mit meinem Hanf bekleiden.«

»Und ich«, sagte die ältere, »würde, wenn er mich zu seiner Köchin machte, ihn und sein ganzes Haus mit meinem Korn ernähren.«

Das hatte der König gehört, und da sie ihm wohl gefielen, schickte er am folgenden Tage nach den beiden Mägden und wählte sich die jüngere zu seiner Gemahlin. Die ältere machte er zu seiner Oberköchin und gab ihr die Aufsicht über alle Bäcker und Köche des Reiches. Anfangs fühlten sich beide Mägde sehr glücklich, bald aber erwachte in der älteren der gelbe Neid, denn sie wäre selbst gerne an der Stelle ihrer jüngeren Freundin gewesen. Darum erdachte sie einen Plan, wie sie diese verderben könnte. Sie stellte sich gegen die junge Königin sehr untertänig und treu, und diese liebte sie in ihrem arglosen Herzen, wie zu der Zeit, als sie noch Gespielinnen waren.

Nun kam aber die Zeit, daß die junge Königin gebären sollte, und die Köchin hatte unter gutem Vorwand alle

Leute aus der Nähe entfernt. Die Königin gebar zwei liebliche Kinder, einen Knaben und ein Mädchen, mit goldenen Haaren. Die arge Köchin nahm nun die beiden Kinder schnell, ohne daß es die geschwächte Königin merken konnte, eilte mit ihnen in den Hof und begrub sie im Mist. Dann legte sie ein Hündchen und ein Kätzchen an die Stelle der Kinder und setzt sich neben das Bett. Bald darauf bat die Königin ihre Freundin, sie möge ihr die Kinder zeigen. Da fing diese an zu jammern und zu klagen: »O Gott, wünsche dir das nicht! Es ist ein großes Unglück geschehen.« Damit lief sie wehklagend hinaus und erzählte es den Hofleuten, diese erzählten es weiter, und bald kam es so bis zum König. Als dieser hörte, daß sein Weib einen Hund und eine Katze geboren hatte, wurde er sehr zornig und ließ gleich die beiden Tiere ersäufen und sein Weib lebendig begraben.

Nicht lange danach heiratete er die Köchin. Aus dem Mist aber, worin die beiden Kinder begraben worden waren, wuchsen zwei goldene Tannenbäumchen hervor. So schön, daß es eine Lust war, sie anzuschauen, und besonders der König hatte große Freude daran. Doch der Königin pochte immer das Herz, wenn sie die Bäumchen sah, und am Ende konnte sie ihren Anblick nicht mehr ertragen. Sie stellte sich daher krank und sprach zum König, sie könne nicht eher genesen, bis sie nicht auf Brettern ruhe, die aus den beiden Tannenbäumchen gemacht worden wären.

So leid es dem König um die Bäumchen tat, so ließ er es doch geschehen, daß man sie fällte und daraus zwei Bretter machte, für das königliche Ehebett. In der Nacht aber, als der König und die Königin das erstemal darauf ruhten, fingen beide Bretter auf einmal an zu reden. »Brüderchen«, sprach das eine »wie drückt es mich so schwer, auf mir liegt die böse Stiefmutter!«

»Schwesterchen«, sagte darauf das andere, »wie ist mir so leicht, auf mir liegt ja der gute Vater!« Der König schlief

fest und hörte nichts, die Königin jedoch hatte alles wohl vernommen und war voller Unruhe, die ganze Nacht.
Als es Tag wurde und der König erwachte, sprach sie: »Ach, lieber Mann, die Bretter taugen gar nichts. Mein Übel ist nur ärger geworden. Laß uns sie verbrennen!« Der König widersprach nicht, denn er wünschte ja, daß sein Weib gesund werden solle. Alsbald wurde der Ofen geheizt, und als die Glut groß genug geworden war, ließ die Königin die zwei Bretter hineinwerfen und sah zu, wie sie verbrannten. Zwei kleine Funken aber waren herausgesprungen und in die Gerste gefallen, das hatte die Königin nicht bemerkt. Bald darauf gab die Magd die Gerste den Schafen. Ein Mutterschaf fraß die beiden Funken mit, und nach einiger Zeit brachte es zwei Lämmlein mit goldener Wolle zur Welt. Der König hatte große Freude darüber, als aber die Königin sie sah, gab's ihr einen Stich ins Herz, daß sie sogleich krank wurde. Man verordnete ihr allerlei, allein sie konnte nicht gesund werden. Da sagte sie endlich, wenn sie die Herzen der beiden Lämmlein äße, müßte ihr das wohl helfen.
Was sollte nun der König tun? Er mußte zulassen, daß sie geschlachtet wurden. Die Herzen briet man und brachte sie der Königin, die Gedärme aber wurden in den Fluß geworfen. Zwei Stückchen wurden vom Wasser weit fortgeführt und endlich ans Ufer geworfen. Hier wurden daraus nun wieder die zwei Kinder mit den goldenen Haaren, und sie waren gleich so groß, als wären sie seit ihrer Geburt immer gewachsen. Nur blieben sie nackt, denn noch keine Mutter hatte ihnen ein Hemdchen angelegt. Sie waren aber so lieblich und schön, daß die Sonne auf ihrem Tagesgang stehenblieb, sich nicht sattsehen konnte und sieben Tage nicht unterging. Da es nun so lange nicht Nacht werden wollte, so wunderte sich unser Herrgott darüber und dachte: »Das hast du doch nicht so geordnet?« Er ging daher zur Sonne und fragte sie, warum sie so

lange am Himmel verweile und nicht untergehe. Da zeigte sie ihm unten auf der Erde die beiden schönen Kinder, wie sie an dem Fluß spielten. Unser Herrgott war entzückt und gerührt beim Anblick der Kleinen, welche so mutterseelenallein und nackt waren und sprach: »Ich will mich ihrer annehmen.« Und er stieg auf die Erde als ein guter alter Mann, und die Kinder liefen, sobald sie ihn sahen, gleich zu ihm und waren froh.

Er gab jedem ein Hemdchen und ein goldenes Hämmerchen und sprach: »Geht nur immer auf der Straße fort, da werdet ihr in eine große Stadt kommen. Klopft an die Türen, und wo man euch aufmacht, da tretet ein. Wenn nun ein freundlicher Mann euch fragt, wer ihr seid, so erzählt ihm dieses Märchen.« Und nun erzählte ihnen unser Herrgott ihre ganze Lebensgeschichte, ging dann fort und stieg wieder in seinen Himmel hinauf. Die Kleinen wanderten los und kamen endlich in die große Stadt. Sie klopften an viele Türen, aber keine wurde ihnen aufgetan, und zuletzt kamen sie auch an den Palast des Königs. Sowie sie hier anklopften, öffneten sich gleich von selbst die großen Flügeltüren. Sie traten ein. Der König saß gerade in tiefem Nachdenken und härmte sich, daß er keine Kinder hatte. Da fiel sein Blick auf die beiden himmlisch schönen Kinder mit den goldenen Haaren. »Kommt her«, rief er, »was für ein Engel hat euch zu mir gesendet? Erzählt mir's!« Die Kleinen setzten sich ihm vertraulich auf die Knie und liebkosten ihn. Der Knabe fing darauf an zu erzählen, wie ihn unser Herrgott gelehrt hatte, und wenn er etwas ausließ oder nicht gut erzählte, dann verbesserte ihn sein Schwesterchen.

»Gott, o Gott!« seufzte der König, als die Erzählung zu Ende war, und in dem Augenblick trat die Königin ein. Als sie die Kinder erblickte, erfaßte sie ein grausiges Entsetzen. Sie kehrte um, schlug die Tür hinter sich zu und lief wie wahnsinnig weg.

Die Kinder aber saßen dem König auf dem Schoß, ruhig und voller Unschuld, und wußten nicht, warum er so schwer geseufzt und die Frau sie so entsetzt angesehen hatte.
Endlich sagte der König: »Meine lieben Kinder, das ist kein Märchen, das euch der alte Mann erzählt hat, sondern eure eigene Geschichte. Der alte gute Mann aber ist der liebe Gott, der alles so wunderbar geleitet und nun offenbart hat. Wehe, wehe der bösen Königin!« Damit ging er hinaus und gab Befehl, daß man sein Weib sogleich lebendig begraben solle. Man konnte sie lange nicht finden, endlich aber fand man sie am Flußufer, wie sie sich die Haare zerraufte. Sie hatte sich erhängen wollen, allein der Strick war zerrissen. Darauf hatte sie sich ins Wasser gestürzt, allein der Fluß hatte sie wieder herausgeworfen. Nun wurde sie ergriffen und lebendig verscharrt. Die Erde behielt sie nun und bedeckte ihre große Sünde mit.
Der König schickte nun sogleich in das Land der sieben Zwerge um Wasser des Lebens, ließ seine rechte Gemahlin ausgraben und machte sie lebendig. Beide lebten nun froh und vergnügt und hatten große Freude an ihren Kindern. Der Knabe wurde ein stattlicher Jüngling und Nachfolger im Reiche seines Vaters, das Mädchen eine wunderschöne Prinzessin. Ach, die war so schön, so schön, daß es nicht zu beschreiben ist. Ich will nur dies sagen: wenn sie ausging, neigten sich alle Blumen vor ihr demütig, und alle jungen Kaiser und Könige warben um ihre Hand. Da sie aber gelobt hatte, nur den zu heiraten, der das beste Herz habe, so nahm sie zuletzt einen armen Kohlenbrenner, denn damals hatte der das beste Herz in der Christenheit.

Auch du hättest sie gerne bekommen?
Allein, dich hätte sie nicht genommen.

[Märchen aus Siebenbürgen]

# Geschwisterliebe

Vor vielen, vielen Jahren lebte einmal ein sehr starker Jüngling, der eine wunderschöne Schwester hatte. Die beiden Geschwister hatten ihre Eltern verloren und waren auf sich selber angewiesen. Der Jüngling arbeitete draußen im Wald und fällte Bäume. Damit verdiente er gerade soviel Geld, um mit seiner Schwester keine Not leiden zu müssen.

Das schöne Mädchen hatte schon viele Freier gehabt, die um sie warben. Sie wies aber jeden ab und sagte: »Solange mein Bruder ledig ist, heirate ich nicht. Wer sollte ihm sonst das Hauswesen führen, während er sich draußen im Wald den ganzen Tag plagt, um das tägliche Brot für uns zu verdienen.« So blieb sie unverheiratet, und alle Leute schätzten sie hoch wegen ihrer anhänglichen Liebe zu ihrem Bruder. Jeden Mittag trug sie ihm das Essen in den Wald hinaus, und dabei begegnete sie oft einem jungen Grafen. Anfangs grüßte er sie höflich, dann sprach er sie an, und schließlich bedrängte er sie mehr und mehr, und das Mädchen wußte sich bald keinen anderen Ausweg mehr, als ihrem Bruder davon zu erzählen. Da rief der starke Jüngling zornig: »Diesen jungen Herren werde ich schon Anstand lehren!«

Am nächsten Tag brachte das Mädchen wieder das Essen für ihren Bruder hinaus in den Wald. Der junge Graf hatte sie schon erwartet und bestürmte sie sogleich mit Liebesanträgen und wollte sie küssen. Da rief sie laut um Hilfe, und es dauerte gar nicht lange, als auch schon ihr Bruder herbeigeeilt kam und sich auf den Grafen stürzte. Mit einem Hieb seiner scharfen Axt schlug er ihm die rechte Hand ab. »Nun wird dir die Lust vergehen, ehrsame Mädchen zu bedrängen!« rief er dem davoneilenden Grafen nach.

»O weh!« rief das schöne Mädchen, als sie die Hand des Grafen im Gras liegen sah, »was hast du getan, Bruder? Sie werden dich jetzt fangen und einsperren. Was soll ich nun alleine anfangen?« »Fürchte dich nicht«, antwortete der starke Jüngling, »Gott wird uns helfen. Diesen Herren muß man solche Lehren geben, sonst denken sie, daß man nur dazu geschaffen ist, ihnen zu Willen zu sein.« So tröstete er seine Schwester. Da kamen aber auf einmal viele Soldaten heran, die ihn gefangennahmen und in Fesseln in den Kerker warfen. Das arme Mädchen bekam darüber einen solchen Schrecken, daß sie in Ohnmacht sank und im Wald liegenblieb. Als sie wieder zu sich kam, dämmerte bereits der Morgen, und müde und matt schlich sie sich ins Dorf zurück. Mit dem ersten Sonnenstrahl erschien sie beim Richter und bat um Gnade für ihren eingekerkerten Bruder. Der Richter aber entgegnete ihr: »Mein liebes Kind, ich kann deinem Bruder nicht helfen. Der junge Graf ist ein großer Herr, der Macht und Gewalt besitzt. Er hat deinen Bruder zum Galgentod verurteilen lassen, und noch heute vormittag wird das Urteil vollstreckt werden. Vielleicht läßt sich der Graf aber von dir erweichen. Flehe ihn um Gnade für deinen Bruder an, wenn er auf dem Richtplatz erscheint!«

Zur bestimmten Stunde ging das Mädchen auf den Richtplatz. Soeben wurde ihr Bruder herbeigeführt. Alles Volk machte ihr Platz, als sie vor den jungen Grafen hintrat, in die Knie sank und ihn um Gnade anflehte. Höhnisch erwiderte er auf ihre Bitte: »Dein Bruder hat den Tod verdient, weil er mir die rechte Hand abgehauen hat. Doch will ich dir gegenüber nicht hartherzig sein und ihm das Leben schenken, wenn du dreimal nackt um den Galgen herumläufst. Seine Freiheit will ich ihm geben, wenn du dann drei Tage und drei Nächte bei mir weilst. Danach werde ich dir einen reichen und angesehenen Mann zum Gatten geben.«

»Gott wird mir beistehen«, erwiderte das Mädchen, und mit diesen Worten begann sie sich ihrer Kleider zu entledigen. Doch während sie sich entkleidete, kamen Millionen und Abermillionen Ameisen von allen Seiten herbei und bedeckten den Körper des Mädchens ganz und gar. Sie lief nun dreimal um den Galgen herum und kleidete sich wieder an, und niemand hat auch nur die kleinste Blöße an ihr sehen können. Die Ameisen fielen von ihr ab und lagen jetzt in einem riesigen Haufen zu seinen Füßen. Der junge Graf rief ärgerlich: »Gut, das Leben deines Bruders hast du erworben. Wenn du aber willst, daß er frei werde und nicht im Kerker verschmachte, dann mußt du drei Tage und Nächte bei mir verbringen.« Kaum hatte er diese Worte ausgesprochen, da krabbelten die Ameisen zu ihm und bedeckten spannendick seinen ganzen Körper. Vergeblich mühten sich seine Diener, die Ameisen zu vertreiben. Es half alles nichts, und unter gräßlichen Qualen mußte der Graf sterben. Die Ameisen aber verschwanden so plötzlich, wie sie gekommen waren.

Der starke Jüngling war nun frei, und nach einem Jahr heiratete er ein reiches und schönes Mädchen. Nun wurde auch seine Schwester die Gattin eines ordentlichen und stattlichen Mannes. Für ihre Geschwisterliebe aber segnete sie Gott mit Glück und allen irdischen Gütern, solange sie lebten.

[Armenisches Märchen]

# Märchen von Schwestern

Nicht allen Schwestern ergeht es wie Aschenputtel. In diesem Kapitel liegt das Hauptgewicht auf Märchen, die schildern, daß die Beziehung von Schwestern von Fürsorge, Verbundenheit und schwesterlicher Liebe geprägt sein kann.

# Die weiße Karoline und die schwarze Karoline

Es war einmal eine Mutter, die hatte zwei Töchter, und alle beide hießen Karoline. Die Leute im Dorfe aber nannten die eine Wit Karlientje, weil sie so schön war. Die Mutter aber mochte Wit Karlientje nicht leiden, denn sie war nicht ihr leibliches Kind. Die andere Tochter aber wurde von den Leuten Zwart Karlientje genannt, weil sie so häßlich war. Aber Zwart Karlientje war der Liebling der Mutter, und diese erfüllte ihr jeden Wunsch.

Eines Tages kam ein Hirte bei dem Hause, in dem die Mutter mit den Kindern wohnte, vorbei, der hatte drei junge Lämmer bei sich. Der Hirte freute sich, als er Wit Karlientje im Hoftor stehen sah, streichelte ihr den Kopf, und die Lämmer kamen und leckten an ihrem grünen Kleid. Und Wit Karlientje war froh. Da kam Zwart Karlientje aus dem Hause. Als der Schäfer das Kind sah, ging er schnell weiter. Die Lämmer aber begannen jämmerlich zu blöken, denn Zwart Karlientje war gar zu häßlich. Doch niemand wußte, daß das arme Kind ein gutes Herz hatte.

Die Mutter hatte das alles wohl mit angesehen. Sie dachte bei sich: »Das halte ich nicht mehr aus, Wit Karlientje muß sterben.«

Sieben Tage und Nächte dachte sie nach, wie sie sich wohl am besten des Kindes entledige. Dann ging sie hinter eine Hecke und sagte: »Hecke, gib mir zwölf scharfe, lange Dornen.«

Und die Hecke gab ihr die zwölf Dornen.

Da ging die Mutter wieder in ihr Haus, rief Zwart Karlientje zu sich und sagte: »Paß gut auf, was ich dir nun sage. Heute abend, wenn du mit Wit Karlientje zu Bett gehst, achte wohl darauf, daß du den vorderen Platz im Bett bekommst, denn ich will diese zwölf Dornen in das Kissen von Wit Karlientje stecken. Legt sie sich darauf, so muß sie sterben, und du allein bist dann der Liebling deiner Mutter.«

Zwart Karlientje versprach zu tun, was die Mutter geheißen.

Als die beiden Kinder am Abend in ihrem Kämmerlein waren und Wit Karlientje sich ins Bett legen wollte, rief Zwart Karlientje: »Schwester, in deinem Kissen sind zwölf scharfe Dornen, die sollen dich töten. Die Mutter hat sie hineingesteckt. Komm, wir wollen mit dem Kopf am Fußende des Bettes schlafen, dann kann dir nichts geschehn. Sage aber nichts der Mutter.«

Dankbar nahm Wit Karlientje ihr häßliches Schwesterlein in die Arme, und so schliefen beide ein.

Als am andern Morgen die Mutter das lustige Getrippel auf der Treppe hörte, rief sie von unten: »Zwart Karlientje, bist du es?«

»Ich bin es, Wit Karlientje, liebe Mutter.«

Da war die böse Mutter tief erschrocken und eilte an dem Kinde vorbei in die Kammer, um zu sehen, ob Zwart Karlientje tot sei. Die aber lag noch im Bett, und zwar nun mit dem Kopf am Kopfende. Da konnte sich die Mutter nicht erklären, daß Wit Karlientje noch am Leben war.

Kurze Zeit darauf kam ein Musikant am Hause vorbei, der drehte seine Orgel, und drei kleine Hunde tanzten zu ihren Klängen. Als der Alte Wit Karlientje sah, spielte er ihr die allerschönste Melodie, die er auf der Orgel hatte. Da freute sich das Kind. Als Zwart Karlientje aber aus dem Hause kam, hörte der Musikant gleich auf zu spielen, und die Hunde tanzten nicht mehr. Das Kind war aber auch zu häßlich. Doch niemand wußte, ein wie gutes Herz es hatte.

Die Mutter hatte das alles wieder mit angesehen. »Wit Karlientje muß sterben«, sagte sie.
Und wieder dachte sie sieben Tage und Nächte nach, wie sie sich des Kindes entledigen könne. Dann ging sie zu einer alten Hexe und kaufte von der ein starkes Gift. Als sie zu Hause war, rief sie Zwart Karlientje zu sich, zeigte ihr das Gift und sagte: »Wenn wir heute zu Mittag essen, dann sage, du habest Kopfweh und könnest deinen Teil nicht essen. Ich will Gift in die Suppe tun, damit Wit Karlientje sterbe. Und ist sie tot, bist du der einzige Liebling deiner Mutter und sollst es gut haben wie kein Kind auf der Welt.«
Als die beiden Kinder zu Mittag ihre Suppe bekamen, sagte Zwart Karlientje zu ihrer Schwester: »Wit Karlientje, iß nicht von der Suppe! Die Mutter hat Gift hineingeschüttet, damit du sterbest. Komm, nimm deinen Teller. Wir wollen uns vor das Haus auf die Bank setzen. Der Mutter sagen wir, wir wollen beim Essen achtgeben, daß die Raben nicht die Saat im Garten fressen. Sind wir draußen, schütte die Suppe in den Sand.«
Da gingen die beiden Kinder nach draußen und setzten sich auf die Bank. Wit Karlientje aber schüttete die Suppe in den Sand.
Als die Mutter das Schloß an der Tür klinken hörte, rief sie: »Zwart Karlientje, bist du es?«
»Nein, liebe Mutter, ich bin es, Wit Karlientje.«
Da wurde die Mutter böse und eilte vor das Haus. Da saß Zwart Karlientje und weinte über dem vollen Teller.
Wieder war einige Zeit vergangen, als ein Hausierer am Hause vorbeikam. Der hatte viele schöne, bunte Sachen in seinem Kasten. Als der Wit Karlientje sah, zeigte er ihr all seine Herrlichkeiten und schenkte dem Kind manch schönes Band. Als er aber Zwart Karlientje erblickte, packte er schnell alles wieder ein und ging mit eiligen Schritten weiter.

Die Mutter hatte das alles wieder mit angesehen. Sie dachte in ihrem bösen Herzen: »Wit Karlientje muß um jeden Preis sterben.«
Sieben Tage und sieben Nächte dachte sie nach, dann ging sie zum Müller im Dorf, der stand mit dem Teufel im Bunde. Die Flügel seiner Mühle konnte er in Bewegung bringen, selbst wenn kein Wind wehte. Der sollte, wenn die beiden Geschwister zur Mühle kamen, in dem Augenblick die Flügel in Bewegung setzen, wenn Wit Karlientje unter ihnen stand. Das versprach der Müller. Da eilte die Mutter froh nach Hause, denn sie glaubte sicher, daß Wit Karlientje bald tot sein werde. Sie rief Zwart Karlientje zu sich und sagte: »Wenn ihr morgen zur Mühle geht, nimm dich in acht, daß du nicht unter den Flügeln stehst. Wit Karlientje muß morgen sterben.«
Als die Kinder am folgenden Tage das Korn zur Mühle brachten, warnte Zwart Karlientje die Schwester. Und die nahm sich wohl in acht, und nichts geschah ihr an dem Tage. Heil und gesund kamen beide wieder nach Hause. Als die Mutter das sah, wurde sie sehr zornig und beschloß nun, selbst dem Leben des Kindes ein Ende zu machen. Sie schickte Wit Karlientje in den Schweinestall, damit sie nachsehe, ob die Schweinetröge noch voll seien. Leise schlich die böse Mutter hinter dem Kinde her und hatte in der Hand eine schwere Axt. Sie wollte Wit Karlientje totschlagen, wenn diese sich über die Tröge beugte. Wit Karlientje aber hörte die Mutter wohl hinter sich herkommen und lief fort, so schnell sie nur konnte. Sie lief so weit, bis sie an einen großen, großen See kam. Da war aber keine Brücke, um hinüberzukommen, und da weinte Wit Karlientje. Als sie wieder auf den See blickte, da sah sie, wie sich tausend schwarze Hände aus dem Wasser erhoben und alle zusammen eine Brücke bildeten.

Das Kind wagte nicht, über diese Brücke zu schreiten. Bald aber sah es ein, daß ihm nichts anderes übrig bleibe, als über die seltsame Brücke zu gehen. Es sprach ein Gebet, schlug das Zeichen des Kreuzes und betrat die Brücke. Kaum war es einige Schritte gegangen, als die Hände sich in Krallen verwandelten, die versuchten, sie in das Wasser zu ziehen. Denn Nixen und böse Wassergeister hatten aus ihren Händen die Brücke gebaut. Und schon war das arme Kind bis an die Ellbogen im Wasser versunken. Da erschien plötzlich eine weißgekleidete Frau, ergriff Wit Karlientje, zog sie aus dem Wasser und flog mit ihr davon. Die Frau aber war die Herrin über den See und das ganze umgebende Land. Bald gewann sie Wit Karlientje so lieb, daß sie wohl alles für das Kind hätte tun mögen. Was sich das Kind nur wünschte, im selben Augenblick war es da. Da führte Wit Karlientje ein Leben, wie sie es sich nie hatte träumen lassen.

Eines Tages kam der König des Landes an den See und in die Wälder. Laut klangen die Hörner. Als die weiße Frau das hörte, rief sie Wit Karlientje zu sich und sagte: »Liebes Kind, ich muß dich nun verlassen. Nie wirst du mich wiedersehen. Zwei Wünsche sollen dir noch erfüllt werden.« Dann flog die weiße Frau davon.

Als Wit Karlientje allein war, wurde sie sehr traurig und wünschte sich, daß doch ihr Schwesterlein bei ihr wäre. Da hörte sie plötzlich ein Brausen in der Luft, und einen Augenblick später stand Zwart Karlientje neben ihr. Aber froh war Wit Karlientje noch nicht, denn als sie die Schwester sah, bemerkte sie, daß Zwart Karlientje noch viel häßlicher geworden war. Da wünschte sie sich, daß sie beide in ganz gleiche Dinge verwandelt würden.

Und plötzlich waren die beiden Kinder Schwäne, weiße, schneeweiße Schwäne, und schwammen auf dem großen See. Die bösen Nixen und Wassergeister wagten nicht, den beiden ein Leid zu tun. Die böse Mutter aber fand einen gräßlichen Tod. Sie geriet eines Tages in die Flügel der Mühle, die ihren Körper in tausend kleine Stücke zerrissen. Der Wind trug die Stücke in den See, und die Nixen nahmen die Fleischstückchen und machten Eidechsen und Kröten daraus.

[Märchen aus Flandern]

# Blond, Braun und Zaghaft

Einst lebte König Aedh Curucha in Irland, und er hatte drei Töchter, die hießen Blond, Braun und Zaghaft. Die beiden älteren Schwestern, Blond und Braun, trugen stets neue Kleider, und jeden Sonntag gingen sie zur Kirche. Zaghaft aber, die jüngste, blieb immer zu Hause. Sie mußte kochen und alle niedere und schmutzige Arbeit verrichten, denn sie war weit schöner als ihre älteren Schwestern, und diese fürchteten, sie könnte vor ihnen heiraten. So ging es jahraus und jahrein. Als aber sieben Jahre um waren, da verliebte sich der König von Omanya in die älteste der Schwestern und wollte um sie werben.

An einem Sonntagmorgen, als die beiden älteren Schwestern zur Kirche gegangen waren, kam die Hühnerfrau zu Zaghaft in die Küche und sprach: »Du solltest heute in der Kirche sein, statt hier die schmutzige Arbeit zu tun.«

»Wie könnte ich in die Kirche gehen?« sagte Zaghaft. »Ich habe ja keine guten Kleider, und wenn meine Schwestern mich dort sähen, so würden sie mich töten, weil ich aus dem Haus gegangen bin.«

Da sprach die Hühnerfrau: »Ich will dir ein Kleid geben, schöner als alles, was die beiden je in ihrem Leben gesehen haben. Sage mir nur, was für eines du dir wünschst.«

»Ich möchte ein Kleid, das so weiß ist wie Schnee, und grüne Schuhe für meine Füße«, antwortete Zaghaft. Da legte die Hühnerfrau den Mantel der Dunkelheit um, schnitt von den alten Kleidern des Mädchens kleine Stückchen ab und wünschte dann das weißeste Gewand der Welt und ein Paar grüne Schuhe herbei. Im gleichen

Augenblick lagen das Gewand und die Schuhe auch schon vor ihnen, und Zaghaft zog sie an. Darauf sprach die Hühnerfrau: »Hier habe ich den Honigvogel, der soll auf deiner rechten Schulter sitzen, und diesen Honigfingerhut sollst du dir auf die linke Schulter stecken. Vor der Tür steht eine milchweiße Stute mit goldenem Sattel und goldenen Zügeln, reite damit zur Kirche.«
Zaghaft stieg in den goldenen Sattel, und beim Wegreiten sagte die Hühnerfrau: »Geh aber nicht in die Kirche hinein! Und sobald die Leute nach der Messe aufstehen, mußt du wieder heimreiten, so schnell dich das Pferd zu tragen vermag.«
Als Zaghaft in dem schneeweißen Gewand an der Kirchentür stand, da gab es in der ganzen Kirche niemanden, der nicht brennend gerne gewußt hätte, wer sie sei. Und als sie sogleich nach der Messe forteilte, da liefen ihr alle hinterher. Aber all ihr Laufen half ihnen nichts. Zaghaft war fortgeritten, bevor ein Mann ihr hätte nahekommen können. So sehr eilte sie sich auf dem Heimweg, daß sie den Südwind einholte, der vor ihr sauste, und dem Nordwind davonlief, der hinter ihr brauste. Die Hühnerfrau hatte das Essen schon fertig, als sie heimkam. Zaghaft legte das weiße Gewand ab und hatte im Nu ihre alten Kleider wieder an.
Als die beiden Schwestern von der Kirche nach Hause kamen, erzählten sie sogleich: »Heute war eine wunderschöne, vornehme Dame an der Kirchentür. Solch ein Gewand, wie sie anhatte, haben wir niemals zuvor gesehen. Alle hielten unsere Kleider für ärmlich gegenüber denen, die sie trug. Und in der ganzen Kirche war kein Mann, vom König bis zum Bettler, der nicht einen Blick auf sie hätte werfen wollen und der nicht versucht hätte, herauszufinden, wer sie sei.«
Die Schwestern hatten keine Ruhe, bis sie die gleichen Gewänder bekamen wie die fremde Dame. Allein,

Honigvögel und Honigfingerhüte waren nirgends zu finden.
Als am nächsten Sonntag die beiden Schwestern wieder zur Kirche gingen, mußte die Jüngste zu Hause bleiben, um das Essen zu kochen und die schmutzige Arbeit zu verrichten. Als sie fort waren, kam die Hühnerfrau zu Zaghaft in die Küche und sprach: »Du solltest heute in der Kirche sein, statt hier die schmutzige Arbeit zu tun!«
»Wenn ich nur wüßte, wie ich es anstellen kann«, antwortete Zaghaft.
»Was für ein Kleid möchtest du heute tragen?« fragte die Hühnerfrau.
»Das allerschönste schwarze Atlaskleid, das sich finden läßt, und rote Schuhe für meine Füße.«
»Und was für ein Pferd möchtest du haben?«
»Es soll so schwarz und glänzend sein, daß ich mich in seinem Fell spiegeln kann«, antwortete Zaghaft.
Wieder legte die Hühnerfrau den Mantel der Dunkelheit um und wünschte das Gewand, die Schuhe und das Roß herbei, und im gleichen Augenblick war auch alles da. Der Sattel des Pferdes war aus purem Silber und die Zügel ebenso. Als Zaghaft angekleidet war, setzte die Hühnerfrau den Honigvogel auf ihre rechte Schulter und steckte den Honigfingerhut auf ihre linke. Zaghaft stieg in den silbernen Sattel, und beim Wegreiten befahl ihr die Hühnerfrau streng, nicht in die Kirche hineinzugehen und sogleich davonzueilen, sobald die Leute nach der Messe aufstünden. Sie solle fortreiten, bevor irgendein Mann sie aufhalten könne.
An diesem Sonntag bestaunten die Leute die fremde Dame an der Kirchentür noch mehr als das erste Mal, und sie brannten darauf herauszufinden, wer sie wohl sei. Aber es gelang ihnen auch diesmal nicht, denn Zaghaft war mit ihrem Roß fortgeeilt, noch ehe ein Mann sie hätte aufhalten oder mit ihr sprechen können. Als sie nach Hause

kam, hatte die Hühnerfrau das Essen schon fertig. Zaghaft legte ihr Atlasgewand ab und hatte im Nu ihre alten Kleider wieder an, noch ehe ihre Schwestern von der Kirche heimkamen.

»Was für Neuigkeiten bringt ihr heute?« fragte die Hühnerfrau.

»Oh, die fremde Dame war heute wieder an der Kirchentür. Ein solches Atlasgewand, wie sie es trug, haben wir niemals zuvor gesehen. Alle Männer haben unsere Kleider dagegen für ärmlich gehalten. Die Vornehmen und die Niederen hatten den Mund offen und blickten nur sie an, und kein einziger schaute sich nach uns um.«

Die beiden Schwestern hatten keine Ruhe, bis sie Kleider bekamen wie dasjenige, das die fremde Dame getragen hatte. Aber ihre Kleider waren nicht im mindesten so schön, denn ein Gewand wie das der Fremden war in ganz Irland nicht zu finden.

Als der dritte Sonntag kam, gingen Blond und Braun in schwarzen Atlas gekleidet zur Kirche. Zaghaft ließen sie zu Hause zurück, um die Küchenarbeit zu tun. Kaum waren die beiden fort, da kam die Hühnerfrau wieder zur Küchentür herein und sagte: »Nun, möchtest du nicht auch heute zur Kirche gehen?«

»Ich ginge gerne, wenn ich ein neues Kleid anzuziehen hätte.«

»Was für ein Kleid möchtest du denn diesmal tragen?« fragte die Hühnerfrau.

»Ich möchte ein Kleid haben, das vom Gürtel bis zu den Füßen so rot ist wie eine Rose und vom Gürtel bis zum Busen so weiß wie Schnee. Dazu einen grünen Mantel um die Schultern, einen Hut mit einer roten, einer grünen und einer weißen Feder und Schuhe mit roter Spitze, grünen Absätzen und weißer Mitte.«

Die Hühnerfrau legte den Mantel der Dunkelheit um und wünschte all diese Dinge herbei, und sogleich waren sie auch da. Zaghaft kleidete sich an, und die Hühnerfrau setzte ihr den Honigvogel auf die rechte Schulter und steckte ihr den Honigfingerhut auf die linke. Dann setzte sie ihr den Hut auf und schnitt ihr mit der Schere ein paar Haare ab, und im gleichen Augenblick floß Zaghaft das herrlichste Goldhaar über die Schultern. Nun fragte die Hühnerfrau, mit was für einem Pferd sie heute reiten wolle, und sie wünschte sich ein weißes, das blau und golden gescheckt sein solle, mit einem Sattel und Zaumzeug aus purem Gold. Sogleich stand das Pferd vor ihr. Auf seinem Kopf saß ein Vogel, der zu singen begann, sobald Zaghaft im Sattel saß, und erst aufhörte, als sie wieder zu Hause war.

Der Ruhm der schönen Fremden war inzwischen durch die ganze Welt gegangen, und alle Herrscher und großen Helden waren an diesem Sonntag zur Kirche gekommen, und jeder hoffte, daß er es sein werde, der sie nach der Messe heimführen könne. Der Sohn des Königs von Omanya hatte Blond ganz und gar vergessen und wartete vor der Kirche, um die Dame festzuhalten, bevor sie davoneilte. Es waren so viele Menschen in der Kirche wie nie zuvor, und noch dreimal soviel standen draußen. Es gab ein solches Gedränge an der Kirchentür, daß Zaghaft nur bis auf den Vorplatz kommen konnte. Sobald sich aber alle am Ende der Messe erhoben, saß sie im Nu im goldenen Sattel und jagte davon, schneller als der Südwind und der Nordwind zusammen. Aber so schnell sie auch war, der Königssohn von Omanya war schon an ihrer Seite und bekam ihren Fuß zu fassen, und er hielt die Schöne so fest, daß ihr der Schuh vom Fuß ging und er ihn in den Händen hielt. Voller Angst eilte Zaghaft heim und dachte bekümmert, die Hühnerfrau werde sie töten, weil sie den kostbaren Schuh verloren hatte. Aber diese fragte nur: »Was für eine Sorge plagt dich denn nun wieder?«

»Ach, ich habe einen meiner Schuhe verloren«, sagte Zaghaft.

»Deswegen brauchst du dich doch nicht zu ängstigen«, sagte die Hühnerfrau, »vielleicht ist es das Beste, was dir je widerfahren ist.« Zaghaft legte all die schönen Gewänder ab, zog ihre alten Kleider an und ging an ihre Arbeit in der Küche.

Als Blond und Braun heimkamen, fragte die Hühnerfrau sogleich: »Habt ihr wieder Neuigkeiten aus der Kirche mitgebracht?«

»Ja, wahrhaftig, das haben wir«, sagten die beiden. »Was wir heute gesehen haben, ist wohl das Wunderbarste, das je eines Menschen Auge erblickt hat. Die Fremde war wieder an der Kirchentür, herrlicher geschmückt und angetan als je zuvor. Sie und ihr Roß strahlten in den schönsten Farben, auf dem Kopf des Pferdes saß ein Vogel, der gar nicht mehr aufhören wollte, zu zwitschern und zu singen. Die Dame selber ist die schönste Frau, die je ein Mann in Irland zu Gesicht bekommen hat.«

Als der Königssohn von Omanya zu den anderen Königssöhnen und Helden, die vor der Kirche warteten, zurückgekehrt war, sprach er: »Diese Dame, der ich den Schuh abgestreift habe, will ich zu meiner Gemahlin machen und keine andere!«

Sie sagten aber alle: »Gewonnen hast du sie damit noch lange nicht, denn du mußt mit jedem von uns kämpfen, ehe du sie dein eigen nennen darfst.«

»Gut«, sagte der Königssohn von Omanya, »wenn ich das Mädchen finde, dem der Schuh paßt, dann werde ich mit der ganzen Schärfe des Schwertes um sie kämpfen, bevor ich sie einem von euch überlasse.«

Nun machte sich der Königssohn von Omanya auf den Weg, um das Mädchen zu finden, das den Schuh verloren hatte. Er suchte im Norden und im Süden, im Osten und im Westen des Reiches nach ihr, und die große Schar der anderen Königssöhne und Helden suchte mit ihm. Sie ließen kein Haus im ganzen Königreich aus, und jedes Mädchen, ganz gleich, ob es reich oder arm, hohen oder niederen Standes war, mußte den Schuh anprobieren. Eine jede dachte voller Hoffnung, der Schuh müsse ihr passen. Die eine schnitt sich ein wenig von ihrer großen Zehe ab, eine andere, deren Fuß zu kurz war, stopfte den Schuh ein wenig aus. Aber es half alles nichts, der Schuh wollte keiner passen.

Blond und Braun, die beiden Schwestern, hatten auch von diesem wunderbaren Schuh gehört und sprachen unaufhörlich davon, daß sie ihn gerne anprobieren wollten. Da sagte Zaghaft eines Tages: »Vielleicht ist es mein Fuß, an den der Schuh paßt!«

»Oh, du Schwätzerin! Du bist doch an keinem dieser Sonntage aus deiner Küche herausgekommen.« Also redeten und warteten sie tagein tagaus und schimpften und zeterten mit Zaghaft, bis sie eines Tages hörten, daß all die Königssöhne und Helden mit dem Schuh ganz in der Nähe wären und in ihr Haus kommen wollten. Sogleich schlossen Blond und Braun Zaghaft in eine Kammer. Als nun die große Schar erschienen war, gab der Königssohn von Omanya den beiden Schwestern den Schuh. Aber so sehr sie sich auch mühten, er wollte keiner von ihnen passen.

»Gibt es noch eine andere Jungfrau in diesem Hause?« fragte der Königssohn.

»Ja«, rief Zaghaft aus ihrer Kammer heraus, »ich bin noch hier.«

»Ach«, sagten Blond und Braun, »die ist nur dazu da, die schmutzige Arbeit zu tun und die Asche auszukehren.«

Aber der Königssohn und alle die anderen wollten unbedingt, daß auch die Jüngste den Schuh anprobiere. Als Zaghaft nun aus der Kammer trat und den Schuh überstreifte, da paßte er wie angegossen. Da sah der Königssohn von Omanya sie an und rief: »Ja, du bist die Jungfrau, der ich den Schuh genommen habe.«

Da lief Zaghaft rasch zum Haus der Hühnerfrau. Die Alte legte abermals den Mantel der Dunkelheit um und wünschte alles herbei, was Zaghaft am ersten Sonntag zur Kirche getragen hatte. Dann ritt sie auf der milchweißen Stute im goldenen Sattel vor ihr Haus, und alle, die sie das erste Mal vor der Kirche gesehen hatten, sagten: »Ja, das ist die Dame, die wir vor der Kirche gesehen haben.« Zaghaft eilte ein zweites Mal fort, und sie kam auf dem glänzendschwarzen Roß zurück, angetan mit dem Gewand, das sie am zweiten Sonntag zur Kirche getragen hatte. Und alle sagten: »Ja, das ist die Dame, die wir vor der Kirche gesehen haben.« Nun eilte sie zum dritten Male fort und kehrte bald darauf auf dem blau und golden gescheckten Roß zurück, und sie hatte das Gewand an, das sie am dritten Sonntag zur Kirche getragen hatte. Alle riefen wiederum: »Ja, das ist die Dame, die wir vor der Kirche gesehen haben.« Und alle Königssöhne und großen Helden riefen dem Sohn des Königs von Omanya zu: »Du mußt um sie kämpfen, bevor wir sie mit dir ziehen lassen!«

»Ich stehe vor euch, zum Kampfe bereit«, sagte der Königssohn.

Als erster trat der Sohn des Königs von Lochlann vor, und der Kampf begann. Es war fürwahr ein furchtbarer Kampf. Die beiden rangen neun Stunden miteinander, dann gab der Sohn des Königs von Lochlann seinen Anspruch auf und räumte das Feld. Den nächsten Tag kämpfte der Sohn des Königs von Spanien sechs Stunden lang, dann gab auch er seinen Anspruch auf. Am dritten Tag kämpfte der Sohn des Königs von Nyerfoi, aber nach acht Stunden gab auch er sich geschlagen. Der Sohn des Königs von Griechenland gab am vierten Tag nach sechs Stunden auf. Am fünften Tag endlich, da wollte keiner der Königssöhne mehr kämpfen, und so gehörte die Jungfrau dem Königssohn von Omanya.

Die Hochzeit wurde festgesetzt und Einladungen in alle

Welt verschickt. Das Fest dauerte ein ganzes Jahr und einen Tag, dann führte der Königssohn seine Gemahlin heim. Und als die Zeit gekommen war, brachte Zaghaft einen Knaben zur Welt. Sie sandte nach ihrer ältesten Schwester Blond, die kommen und sie pflegen solle. Als nun der Königssohn eines Tages auf der Jagd war, gingen die beiden Schwestern am Meer spazieren. Sobald sich eine günstige Gelegenheit dazu ergab, stieß Blond ihre jüngste Schwester Zaghaft in die Fluten, und sogleich kam ein riesiger Walfisch angeschwommen und verschlang sie. Die ältere kam nun allein nach Hause und gab sich für Zaghaft aus. Der Königssohn fragte sie: »Wo ist deine Schwester?«

»Sie ist wieder heim zu ihrem Vater nach Ballyshannon. Ich fühle mich jetzt wieder kräftig und brauche Blond nicht mehr.«

Der Königssohn sah sie genau an und sagte: »Ich fürchte, es ist meine Frau Zaghaft, die fort ist.«

»Oh, nein, du täuschst dich«, sagte sie, »es ist meine Schwester Blond, die ich heimgeschickt habe.« Die beiden Schwestern glichen sich zwar sehr, aber der Königssohn blieb dennoch im Zweifel. In der nächsten Nacht legte er sein Schwert zwischen sich und die Frau und sagte: »Wenn du mein Weib bist, wird dieses Schwert warm werden. Wenn du es nicht bist, wird es kalt bleiben.«

Und am nächsten Morgen war das Schwert so kalt wie am Abend zuvor. Zufällig war aber ein Hirte am Meeresstrand gewesen, als die beiden Schwestern dort spazierengegangen waren, und der hatte gesehen, wie Blond ihre Schwester Zaghaft ins Meer gestoßen hatte. Am nächsten Tag war er wieder am Strand und sah, wie der Walfisch mit der Flut ans Ufer geschwommen kam und Zaghaft wieder ausspie.

Als sie den Hirten sah, sprach sie zu ihm: »Wenn du am Abend mit deinen Kühen heimgehst, ins Schloß, dann sage deinem Herrn, daß meine Schwester Blond mich gestern ins Meer gestoßen und ein Walfisch mich verschlungen und wieder ausgespieen hat. Mit der nächsten Flut wird der Walfisch zurückkommen und mich wieder verschlingen. Morgen wird er mich erneut ausspeien, und übermorgen wird noch einmal das gleiche geschehen. Sage meinem Gemahl, wenn er nicht kommt und mich rettet, bevor der Walfisch mich das vierte Mal verschlungen hat, bin ich für immer verloren. Ich stehe unter seinem Bann und kann ihm nicht aus eigener Kraft entkommen. Unter seiner Brustflosse ist ein roter Fleck, den muß mein Gemahl mit einer silbernen Kugel treffen, um ihn zu töten.«

Als der Hirte ins Schloß kam, gab ihm jedoch Blond einen Trank, und sogleich hatte er vergessen, was ihm Zaghaft aufgetragen hatte.

Am nächsten Morgen ging er wieder hinunter ans Meer, und wieder kam der Walfisch mit der Flut ans Ufer geschwommen und spie Zaghaft aus. Sie fragte den Jungen: »Hast du deinem Herrn ausgerichtet, was ich dir auftrug?«

»Nein«, sagte er, »ich hatte alles vergessen.«

»Wie konntest du es nur vergessen?« fragte sie.

»Eure Schwester Blond gab mir einen Trank, der machte, daß ich alles vergaß.«

»So denke heute abend ganz fest daran, es zu sagen, und wenn dir meine Schwester wieder einen Trank geben will, dann schütte ihn weg und trinke ihn nicht!«

Sobald der Hirtenjunge ins Schloß kam, bot ihm Blond wieder einen Trank an. Er wollte ihn aber nicht nehmen, ehe er nicht seine Botschaft ausgerichtet hätte. So berichtete er seinem Herrn alles, was er gesehen und gehört hatte. Am dritten Tage ging nun der Königssohn hinunter ans Meer. Er brauchte auch gar nicht lange zu warten, bis der Walfisch kam und Zaghaft ans Ufer warf. Als der Wal wieder ins Meer hinausschwimmen wollte, da ließ er den kleinen roten Fleck unter seiner Brustflosse sehen. Dem Königssohn blieb nur dieser Augenblick, und er nutzte ihn gut. Er feuerte die silberne Kugel ab und traf mitten in den Fleck. Der Walfisch färbte mit seinem Blut das Wasser des Meeres dunkelrot und starb auf der Stelle.

Im gleichen Moment war Zaghaft vom Bann befreit und ging mit ihrem Gemahl heim ins Schloß. Dieser schickte sogleich eine Botschaft an König Aedh Curucha, den Vater der Schwestern, und er berichtete ihm von der Missetat seiner Ältesten. Der Vater kam und sagte, die schlimmste Strafe sei gerade recht für Blond, und er ließ sie in ein Faß einschließen und ins Meer werfen. Der Königssohn und Zaghaft hatten noch vierzehn Kinder, und sie lebten glücklich miteinander.

[Märchen aus Irland]

# Die drei Schwestern bei dem Menschenfresser

Es waren einmal drei Schwestern im Walde und suchten Erdbeeren. Wie sie nun abends heimkehren wollten, verirrten sie sich und fanden keinen Ausweg. Da kam auf einmal ein wilder Hüne, das war ein Menschenfresser, auf sie zu und rief: »Ha, jetzt habe ich euch!« Dann schleppte er sie zu seinem Schloß, da fragte er die Älteste: »Willst du lieber mein Weib werden oder sterben?«
»Lieber will ich sterben«, antwortete diese.
Ebenso fragte er die zweite, und auch die antwortete: »Lieber will ich sterben.«
Die Jüngste aber war pfiffig, und als der Hüne sie fragte, sprach sie: »Oh, von Herzen gerne will ich dein Weib werden. Nur bin ich noch viel zu jung, darum wartet doch noch ein Jahr.« Der Hüne war damit zufrieden und gab der Jüngsten sogleich die Schlüssel zu allen Zimmern. Ihre beiden Schwestern jedoch sperrte er in einen Stall und befahl seiner alten Mutter, sie solle sie mit Nüssen und Striezeln mästen, bis sie recht fett wären und dann braten.
Jeden Morgen ging der Hüne fort und kehrte erst am Abend wieder nach Hause zurück. Seiner alten Mutter befahl er jedesmal, auf die beiden im Stall und auf seine liebe Braut gut aufzupassen.
Eines Tages, als die Alte ihnen wieder Striezeln und Nüsse gebracht hatte, wollte sie sehen, ob sie nun endlich fett wären. »Gebt eure Finger heraus!« rief sie mit krächzender Stimme.
Die jüngste Schwester war auch zum Stall gekommen, wie sie es jeden Tag mehrmals tat, um ihre Schwestern zu trö-

sten. Jetzt reichte sie ihren Schwestern geschwind ein Hölzchen und flüsterte ihnen zu: »Die Alte ist triefäugig und sieht nicht recht, streckt ihr dieses Hölzchen hin statt der Finger.« So taten sie auch. Die Alte hatte ein Messer und schnitt an den Hölzchen herum: »Ei, das ist ja wie ein Knochen so hart. Ihr werdet am Ende vor Sehnsucht und Heimweh nur immer magerer statt fetter. Morgen kommt ihr in den Ofen!«

Als am anderen Tage der Hüne ganz früh fortging, sagte die Alte: »Komme heute mittag nach Hause, es wird einen guten Braten geben!« Dann ging sie zum Ofen und heizte ihn tüchtig. Als er heiß genug war, rief sie die Jüngste und sprach: »Achte auf das Feuer, bis ich komme!« Dann ging sie zum Stall und holte die beiden älteren Schwestern, und die jammerten und klagten, daß sie nun so elendiglich sterben sollten. Die Alte befahl ihnen, sich auf den Brotschieber zu setzen. Die Jüngste aber, die Braut des Hünen, hatte wieder einen klugen Einfall und sagte: »Sie wissen ja nicht, wie sie's machen sollen. Zeigt es ihnen doch! Ich will an diesem Ende halten.«

Da ging die törichte Alte und setzte sich selber auf den Brotschieber. Sogleich erfaßten auf einen Wink der Jüngsten auch ihre beiden älteren Schwestern die Stange und schoben die Alte schnell in den Ofen, setzten das Eisen vor's Ofenloch und liefen, nachdem sie noch alle Türen verschlossen und die Schlüssel in den Brunnen geworfen hatten, eiligst davon.

Als der Hüne gegen Mittag nach Hause kam, tobte und polterte er an der Türe. Er konnte aber nicht hinein, und so schlug er sie schließlich ein. Sein großer Hunger trieb ihn sogleich zum Ofen. Er riß die Tür auf und wollte den Braten herausziehen, doch siehe, es war seine eigene Mutter, geröstet und verbrannt, die er statt eines Bratens darin fand. Wütend lief er zum Stall, doch der war leer. Er suchte in allen Zimmern seine junge Braut, aber auch die war nirgends zu finden. »Ha, die sind alle fort. Wartet nur, ich will euch schon zurückholen.« Sogleich zog er sich geschwind seine Siebenmeilenstiefel an und eilte ihnen nach.

Die drei Schwestern aber hatte ein alter Mann gesehen, wie sie voller Angst vor dem Unhold flohen, und der hatte ihnen den rechten Weg nach Hause gezeigt und ihnen drei Zauberdinge mitgegeben: eine Nadel, eine Glasscherbe und ein Fläschchen mit Wasser. Wenn sie den Hünen hinter sich sähen, so sollten sie davon Gebrauch machen. Der Hüne hatte auch nur einige Schritte getan, dann war er schon dicht hinter den Schwestern. Da warfen sie die Nadel hinter sich, und auf einmal war die ganze Straße mit spitzigen Nadeln übersät. »Wie seid ihr da hinübergekommen?« rief ihnen der Hüne nach.

»Wir haben uns die Schuhe ausgezogen«, rief gleich die Jüngste, seine Braut. Das tat er sogleich und zerstach sich die Füße ganz und gar, bis er drüben war. Dann bemerkte er, daß er seine Siebenmeilenstiefel auf der anderen Seite vergessen hatte. Darum ging er wieder über die Nadeln zurück, um die Stiefel zu holen, und dabei zerstach er sich nochmals die Füße. Indessen waren die Mädchen ein gutes Stück fortgelaufen. Der Hüne war jedoch, dank seiner Siebenmeilenstiefel, bald wieder hinter ihnen. Da warfen sie die Glasscherbe auf den Weg, und auf einmal war die ganze Straße übersät mit scharfen Scherben. »Wie seid ihr da hinübergekommen?« rief er ihnen nach.

»Ja, wir sind auf allen vieren gekrochen«, rief die Jüngste, seine Braut, sogleich. So machte er's auf der Stelle, aber es war schwer und mühsam, und er zerschnitt sich dabei die Hände ganz und gar, bis er hinüberkam. Die Schwestern waren wieder ein gutes Stück vorausgeeilt, aber der Hüne war ihnen doch bald wieder auf den Fersen. Da gossen sie das Wasser aus, und sogleich floß zwischen ihnen und dem Hünen ein mächtiger Fluß.

»Wie seid ihr da hinübergekommen?« rief er ihnen nach. »Ja, wir hängten uns einen großen Stein um den Hals, der trug uns«, rief die Jüngste, seine Braut. Und der Hüne hängte sich einen mächtigen Mühlstein an den Hals und stürzte sich in den Fluß hinein. Da zog ihn der Stein hinunter, so daß er beinahe ertrank. Mit schwerer Not schleppte er sich hinaus. Jetzt aber platzte er fast vor Zorn. Er eilte zurück nach Hause, nahm drei gewaltige Donnerkeile und sprang auf einen hohen Berggipfel, von wo er weithin bis zur Morgen- und Abendsonne sehen konnte. Von dort sah er die Fliehenden und schleuderte ihnen die Donnerkeile nach. Allein es war umsonst, denn sie fielen an der Grenze des Hünenlandes herunter. Die Schwestern, sie waren schon im Reich der Menschen und gelangten nun glücklich nach Hause. Der Hüne aber hatte nicht lange das Nachsehen, denn auf der Stelle zerbarst er vor lauter Ärger und Grimm. [Märchen aus Siebenbürgen]

# Binnorie

Vor langer, langer Zeit lebten zwei Königstöchter in einem Schloß, nahe dem lieblichen Mühlfluß von Binnorie. Und eines Tages kam Sir William, um der älteren den Hof zu machen, und er gewann ihre Liebe, und er schwor ihr ewige Treue.

Aber nach einiger Zeit stach ihm die jüngere Schwester ins Auge, mit ihren Rosenwangen und ihrem goldenen Haar, und so wandte sich seine Liebe ihr zu, bis er schließlich für die ältere gar nichts mehr fühlte. Die ältere haßte nun ihre jüngere Schwester, weil sie ihr die Liebe Sir Williams genommen hatte. Ihr Haß schwoll Tag für Tag, und sie schmiedete heimlich einen Plan, wie sie ihre Schwester loswerden könne. Sie sagte deshalb eines schönen, frischen Morgens zu ihr: »Schwester, komm! Laß uns nach den Booten unseres Vaters Ausschau halten.« Und so gingen sie zum Fluß, Hand in Hand. Als sie ans Ufer kamen, da stieg die Jüngere auf einen Felsen, um die Boote besser beobachten zu können. Und ihre Schwester, die hinter ihr stand, packte sie plötzlich und stieß sie in den reißenden Mühlfluß von Binnorie.

»Oh, Schwester, Schwester! Gib mir deine Hand!« schrie jene, als sie von den Fluten hinweggetragen wurde. »Du sollst die Hälfte all dessen haben, was ich besitze.«

»Nein Schwester, ich werde dir die Hand nicht geben!« rief die Ältere. »Erbin all deiner Besitztümer bin ich ohnehin. Und niemals mehr werde ich die Hand derjenigen berühren, die mir den Herzallerliebsten genommen hat.«

»Oh, Schwester, Schwester, dann gib mir deinen Hand-

schuh!« rief die Jüngere, als sie immer weiter weggetrieben wurde. »Dein Herzallerliebster soll wieder dir gehören!«
»Ertrinken sollst du!« rief die grausame Schwester. »Weder meine Hand noch meinen Handschuh werde ich dir reichen. William wird ganz mir gehören, wenn du erst hinabgesunken bist auf den Grund des lieblichen Mühlflusses von Binnorie.« Sie wandte sich ab und ging heim zum Schloß des Königs, ihres Vaters.
Ihre Schwester trieb derweil den Mühlfluß hinab, mehr dem Tode als dem Leben nahe, bis sie schließlich in die Nähe der Mühle kam. Nun, die Müllerstochter kochte an jenem Tag gerade, und sie brauchte Wasser, und so ging sie hinaus, um es aus dem Fluß zu holen. Da sah sie etwas dem Wehr zutreiben, und sie rief:
»Vater, Vater, schließe das Wehr! Etwas Weißes treibt den Fluß hinab, eine Flußnymphe vielleicht oder ein milchweißer Schwan.«
Da eilte der alte Müller zum Wehr und hielt die schweren, unerbittlichen Mühlräder an. Dann bargen er und seine Tochter die Prinzessin aus dem Fluß und legten sie ans Ufer. Blond und schön sah sie aus, als sie dort lag. Perlen und Edelsteine schimmerten in ihrem goldenen Haar, ein kostbares Band schnürte ihr Mieder, und ihr weißes Gewand umfloß ihre zierlichen Fesseln – aber sie war tot!
Als sie dort lag in ihrer Schönheit, da kam ein berühmter Harfenspieler am Mühlfluß von Binnorie vorbei, und er sah ihr liebliches, bleiches Gesicht. Obwohl er weit umherzog, so konnte er dennoch dieses Gesicht nie vergessen, und nach vielen, vielen Tagen, kehrte er zurück zum Mühlfluß von Binnorie. Aber alles, was er noch von ihr fand, waren ihre Gebeine und ihr goldenes Haar. Daraus fertigte er eine Harfe, und dann zog er weiter, bis er zum Schloß des Königs kam.
An diesem Abend kamen alle in der großen Halle zusam-

men, um den berühmten Harfenspieler zu hören: der König und die Königin, der Königssohn, Sir William, der ganze Hofstaat und auch die älteste Königstochter. Zuerst sang der Harfner zu den Klängen seiner alten Harfe, und er machte seine Zuhörer vergnügt und fröhlich oder rührte sie zu Tränen, ganz wie es ihm gefiel. Aber während er so sang, legte er die Harfe, die er aus den Knochen und den Haaren der Königstochter angefertigt hatte, auf einen steinernen Tisch, und sogleich begann die Harfe zu singen, leise und klar. Der Harfenspieler hielt inne, und alle verstummten, nur die Harfe sang:

Dort sitzt mein Vater, der König,
Binnorie, o Binnorie.
Dort sitzt meine Mutter, die Königin,
du lieblicher Mühlfluß von Binnorie.

Dort steht mein Bruder John,
Binnorie, o Binnorie.
Bei ihm steht William, untreu und falsch,
du lieblicher Mühlfluß von Binnorie.

Alle waren verwundert, und der Harfenspieler erzählte, wie er die Königstochter ertrunken am Ufer des Flusses liegen sah, und wie er später diese Harfe aus ihren Haaren und Gebeinen gemacht hatte. Da begann die Harfe erneut zu singen:

Dort sitzt meine Schwester, die mich ertränkte,
im lieblichen Mühlfluß von Binnorie.

Da rissen die Saiten, und die Harfe zerbrach, und sie sang niemals wieder.

[Märchen aus Schottland]

# Kathrin die Nußknackerin und Anna mit dem Schafskopf

Es lebte einmal vor langer Zeit ein König, dessen Frau war ihm gestorben. Sie hatte ihm ein Töchterchen hinterlassen, das hieß Anna, und der König liebte die kleine Prinzessin über alles. Und weil sie immer gut und mild war, wurde sie auch von allen Untertanen geliebt. Nun hatte der König aber viel mit den Staatsgeschäften zu tun, und so führte das Mädchen ein recht einsames Leben. Oft wünschte es sich eine Schwester, mit der es spielen und die ihm Gesellschaft leisten könne. Da entschloß sich der König, eine Gräfin von mittleren Jahren von einem der benachbarten Fürstenhöfe zu heiraten. Diese hatte nämlich eine Tochter Kathrin, die nur wenig jünger war als Anna, und der König glaubte, sie gäbe eine liebe Spielgefährtin für seine Tochter.

Die Hochzeit wurde bald gehalten, und die beiden Mädchen liebten sich innig und teilten alles miteinander. Grad so, als ob sie wirkliche Schwestern wären. Aber es sollte noch böse kommen, denn die neue Königin war eine grausame Frau. Als sie nun sah, daß Anna zu einem weit schöneren jungen Mädchen heranwuchs als ihre eigene Tochter Kathrin, da stieg in ihr Haß und Neid auf. Und sie trachtete danach, Anna auf irgendeine Art und Weise um ihre Schönheit zu bringen. Sie fürchtete nämlich, daß kein Freier um Kathrin werben werde, solange ihre Stiefschwester Anna an ihrer Seite sei. Nun war unter all den Dienern und dem Gesinde im Schloß auch ein altes Hühnerweib, von dem man sich erzählte, es sei mit allerlei bösen Luftgeistern im Bunde und verstehe sich auf Liebestränke und

Zaubersprüche. »Vielleicht kann mir das alte Hühnerweib behilflich sein«, sprach die böse Königin bei sich, und als es dämmerig wurde, hüllte sie sich in einen weiten Mantel und machte sich auf den Weg zu dessen Hütte.
»Schicke mir das Mädchen im Morgengrauen, noch ehe es etwas zu sich genommen hat«, sprach die Alte, als sie erfahren hatte, was die Königin von ihr wollte. »Ich werde schon einen Zauber gegen ihre Schönheit finden.« Darauf ging die böse Königin hochzufrieden nach Hause.
Gleich am nächsten Morgen weckte sie in aller Frühe die Prinzessin Anna und gab ihr den Auftrag, noch vor dem Frühstück loszuziehen, um Eier bei der Hühnerfrau zu holen. »Aber sieh zu«, mahnte die Stiefmutter, »daß du auch keinen Bissen zu dir nimmst, bevor du aufbrichst. Nichts macht die Wangen eines jungen Mädchens rosiger als ein Fastengang in frischer, reiner Morgenluft.« Anna versprach, alles getreulich so zu tun, wie ihr geheißen wurde. Aber weil sie nicht gern mit knurrendem Magen das Haus verließ, und sie auch den Absichten ihrer Stiefmutter nicht traute, schlich sie sich erst noch in die Speisekammer und aß dort heimlich ein großes Stück Kuchen. So gestärkt machte sie sich dann stracks auf den Weg zur Hütte der Hühnerfrau und fragte dort nach den Eiern.
»Hebt nur den Deckel von jenem irdenen Topf, dort werdet ihr sie finden, Prinzeßchen«, sagte die alte Frau und wies auf einen dickbauchigen Topf, der in der Ecke stand. Anna tat, wie ihr geheißen, und fand im Topf einen Vorrat Eier, die sie in ihren Korb legte, derweil die Hühnerfrau sie mit seltsamem Lächeln beobachtete.
»Kehr heim zu deiner Mutter, mein Honigkind«, sagte sie dann, »und bestelle ihr von mir, sie solle die Türen besser verwahren.«
Anna ging und richtete ihrer Stiefmutter die sonderbare Botschaft aus, und sie fragte sich insgeheim, was das wohl zu bedeuten habe. Aber wenn sie auch die Worte der Hüh-

nerfrau nicht verstand, so verstand die Königin sie nur zu gut. Sie sah ja, daß Anna dem Zauber entgangen war.
So schickte sie gleich am nächsten Morgen ihre Stieftochter mit dem gleichen Auftrag nochmals fort. Sie wich aber dem Mädchen nicht von den Fersen, bis sie es selbst zum Schloßtor gebracht hatte. So konnte sich Anna nichts mehr in der Speisekammer holen. Als sie ihres Weges ging, da überkam sie aber ein solcher Hunger, daß sie ein paar Bauersleute, die am Feldrain Erbsen pflückten, um eine Handvoll bat. Die schenkten ihr gerne welche, und die Prinzessin ließ sich die frischen Erbsen schmecken. So kam es, daß schließlich dasselbe geschah wie den Tag vorher. Die Hühnerfrau konnte mit ihrem Zauber nichts ausrichten, weil Anna sich bereits gestärkt hatte. Sie schickte das Mädchen wieder nach Hause und gab ihr wieder die gleiche Botschaft mit auf den Weg. Als die Königin dies vernahm, wurde sie sehr zornig, denn sie fühlte sich durch Anna überlistet. Sie beschloß, das Mädchen am nächsten Morgen selber zu begleiten, um ganz sicher zu sein, daß es unterwegs nichts zu essen bekam. Sie ging also mit der Prinzessin zur Hütte des Hühnerweibes. Wie schon zweimal zuvor, schickte die Alte Anna zu dem irdenen Topf, damit sie den Deckel hebe und die Eier herausnähme. Und als Anna das tat, saß im selben Augenblick ein großer Schafskopf auf ihrem Hals, wo soeben noch ihr liebliches Haupt gewesen war. Die Königin dankte der grausamen alten Hexe für den guten Dienst, den sie ihr erwiesen hatte und eilte hocherfreut nach Hause. Die arme Anna hob ihren Kopf vom Boden auf, legte ihn mit den Eiern in den Korb und ging dann weinend heim. Unterwegs verbarg sie sich ängstlich hinter Hecken und Bäumen, damit niemand sie sähe, so sehr schämte sie sich ihres Schafskopfes.
Nun erzählte ich schon, wie sehr die Prinzessin Kathrin ihre Stiefschwester Anna liebte, und als sie sah, wie grausam man Anna mitgespielt hatte, da wollte sie keine

Stunde länger im Schloß bleiben. »Meine Mutter wird dieser Tat womöglich eine noch schlimmere folgen lassen«, sprach sie, »es wird daher für uns beide besser sein, irgendwohin zu gehen, wo sie uns nicht finden kann.« Sie verhüllte ihrer armen Stiefschwester den Schafskopf mit einem schönen Tuch, legte den richtigen Kopf in einen Korb, faßte Anna bei der Hand, und dann machten sich die beiden auf den Weg, um ihr Glück zu versuchen.

Sie wanderten und wanderten, bis sie eines Tages in der Ferne einen prächtigen Palast erblickten, und als sie ihn erreicht hatten, klopfte Kathrin beherzt ans Tor. »Vielleicht finde ich hier eine Arbeit, mit der ich für uns beide sorgen kann«, sagte sie.

»Wenn sie sehen, daß du eine Schwester mit einem Schafskopf hast, werden sie uns fortjagen«, erwiderte Anna.

»Sei nur ruhig! Behalte das Tuch um, und überlasse alles andere mir, dann wird es schon gut ausgehen«, sprach Kathrin und pochte wieder ans Tor. Als nun die Schloßverwalterin kam, fragte Kathrin, ob sie nicht irgendeine Arbeit für sie habe. »Meine Schwester wird so sehr von Kopfschmerzen geplagt, und ich wäre froh, zur Nacht ein ruhiges Plätzchen für uns zu finden.«

»Verstehst du denn etwas von Krankheiten?« fragte die Schloßverwalterin, die angerührt war von Kathrins sanfter Stimme und vornehmer Art.

»Gewiß«, erwiderte Kathrin, »denn wenn man eine Schwester hat, die so sehr von Kopfschmerzen geplagt wird, dann lernt man leise auftreten und jeden Lärm vermeiden.«

Nun wollte es der Zufall, daß in jenem Palast der Kronprinz an einer seltsamen Krankheit des Gemüts darniederlag. Besonders des Nachts war er so aufgewühlt, daß immer jemand bei ihm Wache halten mußte, damit er sich kein Leid antun konnte. Und dieser Zustand dauerte nun schon lange an, so daß jedermann im Schlosse ganz er-

schöpft war. Die alte Verwalterin dachte, man könne ja diese sanfte Fremde mit der Wache beim Prinzen betrauen, dann käme man auch wieder zu ruhigem Nachtschlaf. Sie ging, um des Königs Rat zu holen, und der kam mit heraus ans Tor. Auch ihn erfreute Kathrins Stimme und Benehmen, und so gab er die Anweisung, es solle sogleich für Kathrin und ihre kranke Schwester ein Zimmer in einem abgelegenen Flügel des Schlosses hergerichtet werden. Obendrein versprach er ihr einen Beutel mit Silbertalern als Belohnung, wenn sie beim Prinzen Wache halten und ihn vor Gefahren beschützen wolle. Kathrin willigte gern ein, denn so hatten sie ein Unterkommen, und einen Beutel voller Silbertaler verdient man sich auch nicht alle Tage.
Anna fiel sogleich in einen tiefen Schlummer, Kathrin aber bereitete sich zur Wache beim kranken Prinzen. Er war ein hübscher und stattlicher Jüngling, der im Fiebertraume zu liegen schien. Unaufhörlich redete er vor sich hin und warf sich von einer Seite auf die andere. Um Mitternacht, grad als Kathrin glaubte, er werde nun in ruhigeren Schlaf fallen, da erhob er sich zu ihrem Schrecken, kleidete sich rasch an, öffnete die Tür und sah um sich, als ob er nach jemand Ausschau halten wolle.
»Seltsam«, dachte das Mädchen, »ich werde ihm folgen, um zu sehen, was nun weiter geschieht.« Sie folgte dem Prinzen heimlich, aber wie groß war ihr Erstaunen, als sie bemerkte, daß er wohl noch einen weiten Weg vor sich hatte, denn er ging zum Stall und sattelte sein Pferd. Dann stieg er auf, pfiff leise nach dem Hund, der in der Ecke schlief, und war gerade im Begriff davonzureiten.
»Ich muß mit ihm gehen und sehen, was weiter geschieht«, sagte Kathrin mutigen Herzens, »denn ich glaube, er ist verzaubert.« Dann schwang sie sich, leicht wie eine Feder, hinter den Reiter, der sie gar nicht bemerkte. So ritt das seltsame Paar durch die Wälder. Kathrin pflückte unterwegs Haselnüsse, deren Zweige ihr Gesicht streiften. »Wer

weiß«, sagte sie sich, »wann und wo ich wieder etwas zu essen bekomme.«
Weiter und immer weiter ritten sie, bis sie den dichten Wald und ein dunkles Moor hinter sich ließen und an einem Hügel anlangten. Dort hielt der Prinz an, sprang ab und rief:

Grüner Hügel öffne dich!
Laß ein den Hund, das Roß und mich!

Und Kathrin flüsterte rasch hinterher:

Grüner Hügel, ich bitt' dich fein,
laß auch des Prinzen Frau hinein.

Sogleich tat sich der Hügel auf, daß die kleine Gesellschaft eintreten konnte. Sie fanden sich in einer prächtigen, weiten Halle, die von Tausenden von strahlenden Kerzen erleuchtet war, und in der Mitte standen die schönsten Mädchen, die Kathrin je in ihrem Leben gesehen hatte. Alle waren sie in kostbar schimmernde Gewänder gehüllt, und im Haar trugen sie Kränze von Rosen und Veilchen. Sie tanzten mit hübschen Jünglingen zu den Klängen einer feenhaften Musik. Als die Mädchen den Prinzen sahen, da kamen sie ihm lachend entgegen, nahmen ihn bei den Händen und führten ihn in ihre Mitte. Sogleich schien seine Schwermut zu schwinden, er lachte und tanzte und sang, als ob er es nie anders gekannt hätte. Mit dem ersten Hahnenschrei jedoch war alles verschwunden.
Der Prinz hatte es nun so eilig mit dem Aufbruch, daß Kathrin sich Mühe geben mußte, hinter ihm aufs Pferd zu springen, bevor der Hügel sich auftat und sie wieder in die Welt hineinritten. Sie knackte ihre Nüsse, während sie im fahlen Morgenlicht heimwärtsritten, denn ihr Abenteuer hatte sie sehr hungrig gemacht. Als sie das Schloß erreicht hatten, ging der Prinz zu Bett und wälzte sich und warf sich umher wie zuvor.

Am nächsten Morgen kamen der König und die alte Schloßverwalterin, um nachzufragen, wie der Prinz die Nacht verbracht habe, und Kathrin berichtete ihnen, er habe die ganze Nacht ruhig geschlafen. Der König war hocherfreut, daß sein Sohn eine so treffliche Hüterin gefunden hatte, und so bat er Kathrin, noch einige Zeit beim Prinzen zu wachen. Als Lohn versprach er ihr dieses Mal einen Beutel voller goldener Dukaten. In der kommenden Nacht hielt Kathrin wieder Wache, wie schon die Nacht zuvor, und wieder erwachte der Prinz um Mitternacht, eilte die Treppe hinab zu seinem Roß und ritt zum Feenhügel. Kathrin ritt abermals unbemerkt hinter ihm mit und pflückte sich unterwegs Nüsse. Vor dem grünen Hügel sprach der Prinz dieselben Worte wie die Nacht zuvor:

Grüner Hügel öffne dich!
Laß ein den Hund, das Roß und mich!

Und rasch flüsterte Kathrin:

Grüner Hügel, ich bitt' dich fein,
laß auch des Prinzen Frau hinein.

Der Hügel tat sich auf, und bald fanden sie sich wieder in der prächtigen, von Tausenden von Kerzen erleuchteten Halle, wie in der Vornacht. Der Prinz wurde sogleich wieder von den Feenmädchen umringt und tanzte und lachte und tollte umher. Kathrin setzte sich unbemerkt in eine Felsennische und wartete, was diese Nacht geschähe. Und wie sie so wartete, bemerkte sie ein kleines Kind, das zu ihren Füßen mit einer zierlichen Rute spielte. Gerade wollte sich Kathrin mit ihm anfreunden, da kam eines von den schönen Mädchen vorüber, wies auf das Kind und sagte zu seinem Tänzer:

Wer drei Streiche von dieser Rute empfangen,
wird ein wunderschönes Antlitz erlangen.

Das war nun aber eine Neuigkeit! Kathrin holte einige Nüsse aus ihrer Tasche und rollte sie zu dem Kind hin. Das schien nicht oft Nüsse zu bekommen, denn sofort ließ es seine kleine Rute los und sammelte sie auf. Schnell faßte Kathrin nach der Rute und verbarg sie unter ihrer Schürze. Das war auch keinen Augenblick zu früh, denn gerade begann der Hahn zu krähen, und alles verschwand.
Als sie im Morgengrauen das Schloß erreicht hatten und der Prinz im Schlafe lag, eilte Kathrin zu ihrer Stiefschwester Anna ins Zimmer. Sie lag in tiefstem Schlaf, und ihr armer, mißgestalteter Schafskopf ruhte friedlich auf dem Kissen. Kathrin versetzte ihr nun drei Streiche mit der Feenrute, und seht und staunt! Der Schafskopf war augenblicklich verschwunden, und Anna hatte ihr eigenes schönes Antlitz wieder, nur war es noch ein wenig schöner als vorher.
Den nächsten Morgen kamen der König und die Schloßverwalterin abermals, um sich zu erkundigen, wie der Prinz die Nacht verbracht habe. Und Kathrin berichtete wieder, er habe tief und fest geschlafen, denn sie hatte den Prinzen liebgewonnen und wollte unbedingt noch länger in seiner Nähe bleiben. Sie wußte ja nun, daß der Prinz unter dem Zauber der Elfenmädchen im grünen Hügel stand und wollte auch noch herausfinden, wie dieser Bann zu brechen sei. So willigte sie wieder ein, als der König sie bat, noch eine Nacht bei seinem Sohn zu wachen. Als Lohn erbat sie sich diesmal aber den Prinzen zum Gemahl.
In der dritten Nacht ereignete sich alles wieder genauso wie die zwei Nächte zuvor. Kathrin saß unbemerkt in der Felsnische und beobachtete alles ganz genau, und sie dachte nach, wie sie den Prinzen wieder zu gesunden Sinnen bringen könne. Und wie sie so saß und nachdachte, da sah sie wieder das kleine Kind, das heute aber mit einem Vögelchen spielte. Eines der schönen Feenmädchen tanzte vorüber, wies auf das Kind und sagte zu seinem Tänzer:

»Hat er drei Bissen vom Vöglein bekommen,
so ist der Zauber vom Prinzen genommen!«

Das ließ sich Kathrin nicht zweimal sagen. Vorsichtig holte sie einige Nüsse aus ihrer Tasche und rollte sie dem Kindchen zu. Das langte augenblicklich danach und ließ dabei den Vogel los. Kathrin griff ihn blitzschnell und verbarg ihn unter ihrer Schürze. Schon krähte der Hahn, und der Prinz machte sich auf den Heimritt. An diesem Morgen ließ Kathrin das Nüsseknacken. Sowie sie den Prinzen wohlbehalten im Bett wußte, tötete und rupfte sie den Vogel und drehte ihn über dem Feuer. Bald begann er zu brutzeln, und der köstliche Duft stieg dem Prinzen in die Nase, der davon erwachte.
»Oh, wenn ich doch nur ein Stückchen von diesem Vogel bekommen könnte!« sagte er. Als Kathrin dies hörte, schlug ihr das Herz vor lauter Freude, und sie brachte dem Prinzen ein Stück Fleisch und steckte es in seinen Mund. Kaum hatte er es gegessen, da schien ein wenig von seiner alten Lebenskraft in ihn zurückzukehren. »Oh, wenn ich doch noch ein Stückchen von dem Vogel bekommen könnte!« rief er, und Kathrin brachte ihm ein zweites Stück. Als er das gegessen hatte, da saß er schon aufrecht im Bett, seine Wangen waren rosig, und die Augen leuchteten. »Oh, wenn ich doch ein drittes Stück von jenem Vogel bekommen könnte!« rief er munter. Kathrin brachte ihm, was vom Vogel noch übrig war, und der Prinz aß ihn ganz und gar auf und leckte sich noch das Fett von den Fingern. Dann sprang er aus dem Bett, wusch sich und kleidete sich an und setzte sich mit Kathrin an den Kamin.
Als nun morgens der König und die Schloßverwalterin kamen, um zu sehen, wie es mit dem Prinzen stünde, da fanden sie ihn zusammen mit Kathrin am Feuer sitzen und Nüsse knacken.
Der König war so voller Freude, seinen Sohn gesund zu

sehen, daß er Kathrin die Nußknackerin, wie er sie nannte, mit Schätzen und Ehren überhäufte und sie dem Prinzen zur Frau gab. »Denn ein Mädchen, das so gut zu pflegen versteht«, so sprach er, »wird sicherlich auch eine gute Königin werden.«

Unterdessen hatte der jüngere Bruder des Prinzen Kathrins Schwester Anna gesehen und wegen ihres sanften und schönen Gesichtes eine tiefe Liebe zu ihr gefaßt. So wurden zwei Hochzeiten gerüstet, und der ehemals kranke Prinz heiratete die gesunde Schwester, und der gesunde Prinz heiratete die ehemals kranke Schwester. Sie lebten alle lange und glücklich und starben glücklich und tranken nie aus einem leeren Becher.

[Märchen aus England]

# Märchen von Brüdern

Diese Märchen sind reich an Abenteuern und Dramatik. Die Brüder ziehen gemeinsam hinaus in die Welt, um eine schwierige Aufgabe zu meistern. Die anfängliche Verbundenheit kann jedoch rasch in tödliche Feindschaft umschlagen. Zum Glück gibt es die Lebenswurzel, die rasch herbeigeholt wird und die aufbrausende Tat des Bruders wieder rückgängig zu machen vermag…

# Die zwei Brüder

Es waren einmal zwei Brüder, ein reicher und ein armer. Der reiche war ein Goldschmied und bös von Herzen. Der arme nährte sich davon, daß er Besen band, und war gut und redlich. Der arme hatte zwei Kinder, das waren Zwillingsbrüder und sich so ähnlich wie ein Tropfen Wasser dem andern. Die zwei Knaben gingen ab und zu in des Reichen Haus und erhielten von dem Abfall manchmal etwas zu essen. Es trug sich zu, daß der arme Mann, als er in den Wald ging, Reisig zu holen, einen Vogel sah, der ganz golden war und so schön, wie ihm noch niemals einer vor Augen gekommen war. Da hob er ein Steinchen auf, warf nach ihm und traf ihn auch glücklich. Es fiel aber nur eine goldene Feder herab, und der Vogel flog fort. Der Mann nahm die Feder und brachte sie seinem Bruder, der sah sie an und sprach: »Es ist eitel Gold«, und gab ihm viel Geld dafür. Am andern Tag stieg der Mann auf einen Birkenbaum und wollte ein paar Äste abhauen, da flog derselbe Vogel heraus, und als der Mann nachsuchte, fand er ein Nest, und ein Ei lag darin, das war von Gold. Er nahm das Ei mit heim und brachte es seinem Bruder, der sprach wiederum: »Es ist eitel Gold«, und gab ihm, was es wert war. Zuletzt sagte der Goldschmied: »Den Vogel selber möcht' ich wohl haben.« Der Arme ging zum drittenmal in den Wald und sah den Goldvogel wieder auf dem Baum sitzen. Da nahm er einen Stein und warf ihn herunter und brachte ihn seinem Bruder, der gab ihm einen großen Haufen Gold dafür. »Nun kann ich mir forthelfen«, dachte er und ging zufrieden nach Haus.

Der Goldschmied war klug und listig und wußte wohl, was das für ein Vogel war. Er rief seine Frau und sprach: »Brat mir den Goldvogel und sorge, daß nichts davon wegkommt. Ich habe Lust, ihn ganz allein zu essen.« Der Vogel war aber kein gewöhnlicher, sondern so wunderbarer Art, daß, wer Herz und Leber von ihm aß, jeden Morgen ein Goldstück unter seinem Kopfkissen fand. Die Frau machte den Vogel zurecht, steckte ihn an einen Spieß und ließ ihn braten. Nun geschah es, daß, während er am Feuer stand und die Frau anderer Arbeiten wegen aus der Küche gehen mußte, die zwei Kinder des armen Besenbinders hereinliefen, sich vor den Spieß stellten und ihn ein paarmal herumdrehten. Und als da gerade zwei Stücklein aus dem Vogel in die Pfanne herabfielen, sprach der eine: »Die paar Bißchen wollen wir essen. Ich bin so hungrig, es wird ja niemand daran merken.« Da aßen sie beide die Stückchen auf. Die Frau kam aber dazu, sah, daß sie etwas aßen, und sprach: »Was habt ihr gegessen?«
»Ein paar Stückchen, die aus dem Vogel herausgefallen sind«, antworteten sie.
»Das ist Herz und Leber gewesen«, sprach die Frau ganz erschrocken, und damit ihr Mann nichts vermißte und nicht böse ward, schlachtete sie geschwind ein Hähnchen, nahm Herz und Leber heraus und legte es zu dem Goldvogel. Als er gar war, trug sie ihn dem Goldschmied auf, der ihn ganz allein verzehrte und nichts übrigließ. Am andern Morgen aber, als er unter sein Kopfkissen griff und dachte, das Goldstück hervorzuholen, war sowenig wie sonst eins zu finden.
Die beiden Kinder aber wußten nicht, was ihnen für ein Glück zuteil geworden war. Am andern Morgen, wie sie aufstanden, fiel etwas auf die Erde und klingelte, und als sie es aufhoben, da waren's zwei Goldstücke. Die brachten sie ihrem Vater, der wunderte sich und sprach: »Wie sollte das zugegangen sein?« Als sie aber am andern Mor-

gen wieder zwei fanden und so jeden Tag, da ging er zu seinem Bruder und erzählte ihm die seltsame Geschichte. Der Goldschmied merkte gleich, wie es gekommen war und daß die Kinder Herz und Leber von dem Goldvogel gegessen hatten, und um sich zu rächen und weil er neidisch und hartherzig war, sprach er zu dem Vater: »Deine Kinder sind mit dem Bösen im Spiel, nimm das Gold nicht und dulde sie nicht länger in deinem Haus, denn er hat Macht über sie und kann dich selbst noch ins Verderben bringen.« Der Vater fürchtete den Bösen, und so schwer es ihn ankam, führte er doch die Zwillinge hinaus in den Wald und verließ sie da mit traurigem Herzen.

Nun liefen die zwei Kinder im Wald umher und suchten den Weg nach Haus, konnten ihn aber nicht finden, sondern verirrten sich immer weiter. Endlich begegneten sie einem Jäger, der fragte: »Wem gehört ihr, Kinder?«

»Wir sind des armen Besenbinders Jungen«, antworteten sie und erzählten ihm, daß ihr Vater sie nicht länger im Hause hätte behalten wollen, weil alle Morgen ein Goldstück unter ihrem Kopfkissen läge.

»Nun«, sagte der Jäger, »das ist gerade nichts Schlimmes, wenn ihr nur rechtschaffen dabei bleibt und euch nicht auf die faule Haut legt.«

Der gute Mann, weil ihm die Kinder gefielen und er selbst keine hatte, so nahm er sie mit nach Haus und sprach: »Ich will euer Vater sein und euch großziehen.« Sie lernten da bei ihm die Jägerei, und das Goldstück, das ein jeder beim Aufstehen fand, das hob er ihnen auf, wenn sie's in Zukunft nötig hätten.

Als sie herangewachsen waren, nahm sie ihr Pflegevater eines Tages mit in den Wald und sprach: »Heute sollt ihr euern Probeschuß tun, damit ich euch freisprechen und zu Jägern machen kann.« Sie gingen mit ihm auf den Anstand und warteten lange, aber es kam kein Wild. Der Jäger sah über sich und sah eine Kette von Schneegänsen in der

Gestalt eines Dreiecks fliegen, da sagte er zu dem einen: »Nun schieß von jeder Ecke eine herab.« Der tat's und vollbrachte damit seinen Probeschuß. Bald darauf kam noch eine Kette angeflogen und hatte die Gestalt der Ziffer zwei, da hieß der Jäger den andern gleichfalls von jeder Ecke eine herunterholen, und dem gelang sein Probeschuß auch. Nun sagte der Pflegevater: »Ich spreche euch frei, ihr seid ausgelernte Jäger.« Darauf gingen die zwei Brüder zusammen in den Wald, ratschlagten miteinander und verabredeten etwas. Und als sie abends sich zum Essen niedergesetzt hatten, sagten sie zu ihrem Pflegevater: »Wir rühren die Speise nicht an und nehmen keinen Bissen, bevor Ihr uns eine Bitte gewährt habt.«

Sprach er: »Was ist denn eure Bitte?«

Sie antworteten: »Wir haben nun ausgelernt, wir müssen uns auch in der Welt versuchen. So erlaubt, daß wir fortziehen und wandern.« Da sprach der Alte mit Freuden: »Ihr redet wie brave Jäger, was ihr begehrt, ist mein eigener Wunsch gewesen. Zieht aus, es wird euch wohl ergehen.« Darauf aßen und tranken sie fröhlich zusammen.

Als der bestimmte Tag kam, schenkte der Pflegevater jedem eine gute Büchse und einen Hund und ließ jeden von seinen gesparten Goldstücken nehmen, soviel er wollte. Darauf begleitete er sie ein Stück Wegs, und beim Abschied gab er ihnen noch ein blankes Messer und sprach: »Wenn ihr euch einmal trennt, so stoßt dies Messer am Scheideweg in einen Baum. Daran kann einer, wenn er zurückkommt, sehen, wie es seinem abwesenden Bruder ergangen ist. Denn die Seite, nach welcher dieser ausgezogen ist, rostet, wenn er stirbt. Solange er aber lebt, bleibt sie blank.«

Die zwei Brüder gingen nun immer weiter fort und kamen in einen Wald, so groß, daß sie unmöglich in einem Tag herauskonnten. Also blieben sie die Nacht darin und aßen, was sie in die Jägertasche gesteckt hatten. Sie gingen aber auch noch den zweiten Tag und kamen nicht heraus. Da sie nichts zu essen hatten, so sprach der eine: »Wir müssen uns etwas schießen, sonst leiden wir Hunger«, lud seine Büchse und sah sich um. Und als ein alter Hase dahergelaufen kam, legte er an, aber der Hase rief:

»Lieber Jäger, laß mich leben,
ich will dir auch zwei Junge geben.«

Sprang auch gleich ins Gebüsch und brachte zwei Junge. Die Tierlein spielten aber so munter und waren so artig, daß die Jäger es nicht übers Herz bringen konnten, sie zu töten. Sie behielten sie also bei sich, und die kleinen Hasen folgten ihnen auf dem Fuße nach. Bald darauf schlich ein Fuchs vorbei, den wollten sie niederschießen, aber der Fuchs rief:

»Lieber Jäger, laß mich leben,
ich will dir auch zwei Junge geben.«

Er brachte auch zwei Füchslein, und die Jäger mochten sie auch nicht töten, gaben sie den Hasen zur Gesellschaft, und sie folgten ihnen nach. Nicht lange, so schritt ein Wolf aus dem Dickicht. Die Jäger legten auf ihn an, aber der Wolf rief:

»Lieber Jäger, laß mich leben,
ich will dir auch zwei Junge geben.«

Die zwei jungen Wölfe taten die Jäger zu den anderen Tieren, und sie folgten ihnen nach. Darauf kam ein Bär, der wollte gern noch länger herumtraben und rief:

»Lieber Jäger, laß mich leben,
ich will dir auch zwei Junge geben.«

Die zwei jungen Bären wurden zu den andern gesellt und waren ihrer schon acht. Endlich, wer kam? Ein Löwe kam und schüttelte seine Mähne. Aber die Jäger ließen sich nicht schrecken und zielten auf ihn. Aber der Löwe sprach gleichfalls:

»Lieber Jäger, laß mich leben,
ich will dir auch zwei Junge geben.«

Er holte auch seine Jungen herbei, und nun hatten die Jäger zwei Löwen, zwei Bären, zwei Wölfe, zwei Füchse und zwei Hasen, die ihnen nachzogen und dienten. Indessen war ihr Hunger damit nicht gestillt worden. Da sprachen sie zu den Füchsen: »Hört, ihr Schleicher, schafft uns etwas zu essen, ihr seid ja listig und verschlagen.«

Sie antworteten: »Nicht weit von hier liegt ein Dorf, wo wir schon manches Huhn geholt haben. Den Weg dahin wollen wir euch zeigen.« Da gingen sie ins Dorf, kauften sich etwas zu essen und ließen auch ihren Tieren Futter geben und zogen dann weiter. Die Füchse aber wußten guten Bescheid in der Gegend, wo die Hühnerhöfe waren, und konnten die Jäger überall zurechtweisen.

Nun zogen sie eine Weile herum, konnten aber keinen Dienst finden, wo sie zusammengeblieben wären. Da sprachen sie: »Es geht nicht anders, wir müssen uns trennen.« Sie teilten die Tiere, so daß jeder einen Löwen, einen Bären, einen Wolf, einen Fuchs und einen Hasen bekam. Dann nahmen sie Abschied, versprachen sich brüderliche Liebe bis in den Tod und stießen das Messer, das ihnen ihr Pflegevater mitgegeben, in einen Baum; worauf der eine nach Osten, der andere nach Westen zog.

Der Jüngste aber kam mit seinen Tieren in eine Stadt, die war ganz mit schwarzem Flor überzogen. Er ging in ein Wirtshaus und fragte den Wirt, ob er nicht seine Tiere herbergen könnte. Der Wirt gab ihnen einen Stall, wo in der Wand ein Loch war. Da kroch der Hase hinaus und holte sich ein Kohlhaupt, und der Fuchs holte sich ein Huhn, und als er das gefressen hatte, auch den Hahn dazu. Der Wolf aber, der Bär und der Löwe, weil sie zu groß waren, konnten nicht hinaus. Da ließ sie der Wirt hinbringen, wo eben eine Kuh auf dem Rasen lag, daß sie sich satt fraßen. Und als der Jäger für seine Tiere gesorgt hatte, fragte er erst den Wirt, warum die Stadt so mit Trauerflor ausgehängt wäre. Sprach der Wirt: »Weil morgen unseres Königs einzige Tochter sterben wird.«

Fragte der Jäger: »Ist sie sterbenskrank?«

»Nein«, antwortete der Wirt, »sie ist frisch und gesund, aber sie muß doch sterben.«

»Wie geht das zu?« fragte der Jäger.

»Draußen vor der Stadt ist ein hoher Berg, darauf wohnt ein Drache, der muß alle Jahr eine reine Jungfrau haben, sonst verwüstet er das ganze Land. Nun sind schon alle Jungfrauen hingegeben und ist niemand mehr übrig als die Königstochter. Dennoch ist keine Gnade, sie muß ihm überliefert werden, und das soll morgen geschehen.«

Sprach der Jäger: »Warum wird der Drache nicht getötet?«

»Ach«, antwortete der Wirt, »so viele Ritter haben's versucht, aber allesamt ihr Leben eingebüßt. Der König hat dem, der den Drachen besiegt, seine Tochter zur Frau versprochen, und er soll auch nach seinem Tode das Reich erben.«

Der Jäger sagte dazu weiter nichts, aber am andern Morgen nahm er seine Tiere und stieg mit ihnen auf den Drachenberg. Da stand oben eine kleine Kirche, und auf dem Altar standen drei gefüllte Becher und dabei war die Schrift: »Wer die Becher austrinkt, wird der stärkste Mann auf Erden und wird das Schwert führen, das vor der Türschwelle vergraben liegt.« Der Jäger trank da nicht, ging hinaus und suchte das Schwert in der Erde, vermochte aber nicht, es von der Stelle zu bewegen. Da ging er hin und trank die Becher aus und war stark genug, das Schwert aufzunehmen, und seine Hand konnte es ganz leicht führen. Als die Stunde kam, wo die Jungfrau dem Drachen sollte ausgeliefert werden, begleitete sie der König, der Marschall und die Hofleute hinaus. Sie sah von weitem den Jäger oben auf dem Drachenberg und meinte, der Drache stände da und erwartete sie und wollte nicht hinaufgehen. Endlich aber, weil die ganze Stadt sonst wäre verloren gewesen, mußte sie den schweren Gang tun. Der König und die Hofleute kehrten voll großer Trauer heim. Des Königs Marschall aber sollte stehenbleiben und aus der Ferne alles mitansehen.

Als die Königstochter oben auf den Berg kam, stand da nicht der Drache, sondern der junge Jäger. Der sprach ihr Trost zu und sagte, er wolle sie retten, führte sie in die Kirche und verschloß sie darin. Gar nicht lange, so kam mit großem Gebraus der siebenköpfige Drache dahergefahren. Als er den Jäger erblickte, verwunderte er sich und sprach: »Was hast du hier auf dem Berge zu schaffen?«

Der Jäger antwortete: »Ich will mit dir kämpfen.«

Sprach der Drache: »So mancher Rittersmann hat hier sein Leben gelassen, mit dir will ich auch fertig werden« und atmete Feuer aus sieben Rachen. Das Feuer sollte das trockne Gras anzünden, und der Jäger sollte in der Glut und dem Dampf ersticken, aber die Tiere kamen herbeigelaufen und traten das Feuer aus. Da fuhr der Drache gegen den Jäger, aber er schwang sein Schwert, daß es in der Luft sang, und schlug ihm drei Köpfe ab. Da ward der Drache erst recht wütend, erhob sich in die Luft, spie die Feuerflammen über den Jäger aus und wollte sich auf ihn stürzen, aber der Jäger zückte nochmals sein Schwert und hieb ihm wieder drei Köpfe ab. Das Untier ward matt und sank nieder und wollte doch wieder auf den Jäger los, aber er schlug ihm mit der letzten Kraft den Schweif ab, und weil er nicht mehr kämpfen konnte, rief er seine Tiere herbei, die zerrissen es in Stücke. Als der Kampf zu Ende war, schloß der Jäger die Kirche auf und fand die Königstochter auf der Erde liegen, weil ihr die Sinne vor Angst und

Schrecken während des Streites vergangen waren. Er trug sie heraus, und als sie wieder zu sich selbst kam und die Augen aufschlug, zeigte er ihr den zerrissenen Drachen und sagte ihr, daß sie nun erlöst wäre. Sie freute sich und sprach: »Nun wirst du mein liebster Gemahl werden, denn mein Vater hat mich demjenigen versprochen, der den Drachen tötet.« Darauf hing sie ihr Halsband von Korallen ab und verteilte es unter die Tiere, um sie zu belohnen, und der Löwe erhielt das goldene Schlößchen davon. Ihr Taschentuch aber, in dem ihr Name stand, schenkte sie dem Jäger. Der ging hin und schnitt aus den sieben Drachenköpfen die Zungen aus, wickelte sie in das Tuch und verwahrte sie wohl.

Und weil er von dem Feuer und dem Kampf so matt und müde war, sprach er zur Jungfrau: »Wir sind beide so matt und müde, wir wollen ein wenig schlafen.«

Da sagte sie ja, und sie ließen sich auf die Erde nieder, und der Jäger sprach zu dem Löwen: »Du sollst wachen, damit uns niemand im Schlaf überfällt«, und beide schliefen ein.

Der Löwe legte sich neben sie, um zu wachen, aber er war vom Kampf auch müde, daß er den Bären rief und sprach: »Lege dich neben mich, ich muß ein wenig schlafen, und wenn was kommt, so wecke mich auf.«

Da legte sich der Bär neben ihn, aber er war auch müde und rief den Wolf und sprach: »Lege dich neben mich, ich muß ein wenig schlafen, und wenn was kommt, so wecke mich auf.«

Da legte sich der Wolf neben ihn, aber er war auch müde, rief den Fuchs und sprach: »Lege dich neben mich, ich muß ein wenig schlafen, und wenn was kommt, so wecke mich auf.«

Da legte sich der Fuchs neben ihn, aber er war auch müde, rief den Hasen und sprach: »Lege dich neben mich, ich muß ein wenig schlafen, und wenn was kommt, so wecke mich auf.« Da setzte sich der Hase neben ihn, aber der arme Has war auch müde und hatte niemand, den er zur Wache herbeirufen konnte, und schlief ein. Da schliefen nun die Königstochter, der Jäger, der Löwe, der Bär, der Wolf, der Fuchs und der Has und schliefen alle einen festen Schlaf.

Der Marschall aber, der von weitem hatte zuschauen sollen, als er den Drachen nicht mit der Jungfrau fortfliegen sah und alles auf dem Berg ruhig ward, nahm sich ein Herz und stieg hinauf. Da lag der Drache zerstückt und zerrissen auf der Erde und nicht weit davon die Königstochter und ein Jäger mit seinen Tieren, die waren alle in tiefen Schlaf versunken. Und weil er bös und gottlos war, so nahm er sein Schwert und hieb dem Jäger das Haupt ab, faßte die Jungfrau auf den Arm und trug sie den Berg hinab. Da erwachte sie und erschrak, aber der Marschall sprach: »Du bist in meinen Händen, du sollst sagen, daß ich es gewesen bin, der den Drachen getötet hat.«

»Das kann ich nicht«, antwortete sie, »denn ein Jäger mit seinen Tieren hat's getan.« Da zog er sein Schwert und drohte, sie zu töten, wo sie ihm nicht gehorchte, und zwang sie damit, daß sie es versprach. Darauf brachte er sie vor den König, der sich vor Freuden nicht zu lassen wußte, als er sein liebes Kind wieder lebend erblickte, das er von dem Untier zerrissen glaubte. Der Marschall sprach zu ihm: »Ich habe den Drachen getötet und die Jungfrau und das ganze Reich befreit. Darum fordere ich sie zur Gemahlin, so wie es zugesagt ist.« Der König fragte die Jungfrau: »Ist das wahr, was er spricht?«

»Ach ja«, antwortete sie, »es muß wohl wahr sein, aber ich halte mir aus, daß erst über Jahr und Tag die Hochzeit gefeiert wird«, denn sie dachte, in der Zeit etwas von ihrem lieben Jäger zu hören.

Auf dem Drachenberg aber lagen noch die Tiere neben ihrem toten Herrn und schliefen. Da kam eine große

Hummel und setzte sich dem Hasen auf die Nase, aber der Hase wischte sie mit der Pfote ab und schlief weiter. Die Hummel kam zum zweitenmal, aber der Hase wischte sie wieder ab und schlief fort. Da kam sie zum drittenmal und stach ihm in die Nase, daß er aufwachte. Sobald der Hase wach war, weckte er den Fuchs und der Fuchs den Wolf und der Wolf den Bären und der Bär den Löwen. Und als der Löwe aufwachte und sah, daß die Jungfrau fort war und sein Herr tot, fing er an fürchterlich zu brüllen und rief: »Wer hat das vollbracht? Bär, warum hast du mich nicht geweckt?«
Der Bär fragte den Wolf: »Warum hast du mich nicht geweckt?«
Und der Wolf den Fuchs: »Warum hast du mich nicht geweckt?«
Und der Fuchs den Hasen: »Warum hast du mich nicht geweckt?« Der arme Hase wußte allein nichts zu antworten, und die Schuld blieb auf ihm hangen. Da wollten sie über ihn herfallen, aber er bat und sprach: »Bringt mich nicht um, ich will unsern Herrn wieder lebendig machen. Ich weiß einen Berg, da wächst eine Wurzel, wer die im Mund hat, der wird von aller Krankheit und allen Wunden geheilt. Aber der Berg liegt zweihundert Stunden von hier.«
Sprach der Löwe: »In vierundzwanzig Stunden mußt du hin- und hergelaufen sein und die Wurzel mitbringen.« Da sprang der Hase fort, und in vierundzwanzig Stunden war er zurück und brachte die Wurzel mit. Der Löwe setzte dem Jäger den Kopf wieder an, und der Hase steckte ihm die Wurzel in den Mund. Alsbald fügte sich alles wieder zusammen, und das Herz schlug, und das Leben kehrte zurück. Da erwachte der Jäger und erschrak, als er die Jungfrau nicht mehr sah, und dachte: »Sie ist wohl fortgegangen, während ich schlief, um mich loszuwerden.« Der Löwe hatte in der großen Eile seinem Herrn den Kopf

verkehrt aufgesetzt, der aber merkte es nicht bei seinen traurigen Gedanken an die Königstochter. Erst zu Mittag, als er etwas essen wollte, da sah er, daß ihm der Kopf nach dem Rücken zu stand, konnte es nicht begreifen und fragte die Tiere, was ihm im Schlaf widerfahren wäre. Da erzählte ihm der Löwe, daß sie auch alle aus Müdigkeit eingeschlafen wären, und beim Erwachen hätten sie ihn tot gefunden, mit abgeschlagenem Haupte. Der Hase hätte die Lebenswurzel geholt, er aber in der Eil' den Kopf verkehrt gehalten, doch wollte er seinen Fehler wiedergutmachen. Dann riß er dem Jäger den Kopf wieder ab, drehte ihn herum, und der Hase heilte ihn mit der Wurzel fest.
Der Jäger aber war traurig, zog in der Welt herum und ließ seine Tiere vor den Leuten tanzen. Es trug sich zu, daß er gerade nach Verlauf eines Jahres wieder in dieselbe Stadt kam, wo er die Königstochter vom Drachen erlöst hatte, und die Stadt war diesmal ganz mit rotem Scharlach ausgehängt. Da sprach er zum Wirt: »Was will das sagen? Vorm Jahr war die Stadt mit schwarzem Flor überzogen, was soll heute der rote Scharlach?«
Der Wirt antwortete: »Vorm Jahr sollte unsers Königs Tochter dem Drachen ausgeliefert werden, aber der Marschall hat mit ihm gekämpft und ihn getötet, und da soll morgen ihre Vermählung gefeiert werden, darum war die Stadt damals mit schwarzem Flor zur Trauer und ist heute mit rotem Scharlach zur Freude ausgehängt.«
Am andern Tag, als die Hochzeit sein sollte, sprach der Jäger um die Mittagszeit zum Wirt: »Glaubt Er wohl, Herr Wirt, daß ich heut' Brot von des Königs Tisch hier bei Ihm essen will?«
»Ja«, sprach der Wirt, »da wollt' ich doch noch hundert Goldstücke dransetzen, daß das nicht wahr ist.« Der Jäger nahm die Wette an und setzte einen Beutel mit ebensoviel Goldstücken dagegen. Dann rief er den Hasen und sprach: »Geh hin, lieber Springer, und hol mir von dem Brot, das

der König ißt.« Nun war das Häslein das geringste und konnte es keinem andern wieder auftragen, sondern mußte sich selbst auf die Beine machen. »Ei«, dachte es, »wenn ich so allein durch die Straßen springe, da werden die Metzgerhunde hinter mir drein sein.«

Wie es dachte, so geschah es auch, und die Hunde kamen hinter ihm drein und wollten ihm sein gutes Fell flicken. Es sprang aber, hast du nicht gesehen! und flüchtete sich in ein Schilderhaus, ohne daß es der Soldat gewahr wurde. Da kamen die Hunde und wollten es heraushaben, aber der Soldat verstand keinen Spaß und schlug mit dem Kolben drein, daß sie schreiend und heulend fortliefen. Als der Hase merkte, daß die Luft rein war, sprang er zum Schloß hinein und gerade zur Königstochter, setzte sich unter ihren Stuhl und kratzte sie am Fuß. Da sagte sie: »Willst du fort!« und meinte, es wäre ihr Hund. Der Hase kratzte zum zweitenmal am Fuß, da sagte sie wieder: »Willst du fort!« und meinte, es wäre ihr Hund. Aber der Hase ließ sich nicht irremachen und kratzte zum drittenmal, da guckte sie herab und erkannte den Hasen an seinem Halsband. Nun nahm sie ihn auf ihren Schoß, trug ihn in ihre Kammer und sprach: »Lieber Hase, was willst du?«

Antwortete er: »Mein Herr, der den Drachen getötet hat, ist hier und schickt mich. Ich soll um ein Brot bitten, wie es der König ißt.« Da war sie voll Freude und ließ den Bäcker kommen und befahl ihm, ein Brot zu bringen, wie es der König aß. Sprach das Häslein: »Aber der Bäcker muß mir's auch hintragen, damit mir die Metzgerhunde nichts tun.« Der Bäcker trug es ihm bis an die Türe der Wirtsstube. Da stellte sich der Hase auf die Hinterbeine, nahm alsbald das Brot in die Vorderpfoten und brachte es seinem Herrn. Da sprach der Jäger: »Sieht Er, Herr Wirt, die hundert Goldstücke sind mein.«

Der Wirt wunderte sich, aber der Jäger sagte weiter: »Ja,

Herr Wirt, das Brot hätt' ich! Nun will ich aber auch von des Königs Braten essen.«

Der Wirt sagte: »Das möcht' ich sehen«, aber wetten wollte er nicht mehr.

Rief der Jäger den Fuchs und sprach: »Mein Füchslein, geh hin und hol mir Braten, wie ihn der König ißt.« Der Rotfuchs wußte die Schliche besser, ging an den Ecken und durch die Winkel, ohne daß ihn ein Hund sah, setzte sich unter der Königstochter Stuhl und kratzte an ihrem Fuß. Da sah sie herab und erkannte den Fuchs am Halsband, nahm ihn mit in ihre Kammer und sprach: »Lieber Fuchs, was willst du?«

Antwortete er: »Mein Herr, der den Drachen getötet hat, ist hier und schickt mich. Ich soll bitten um einen Braten, wie ihn der König ißt.« Da ließ sie den Koch kommen, der mußte einen Braten, wie ihn der König aß, anrichten und dem Fuchs bis an die Türe tragen. Da nahm ihm der Fuchs die Schlüssel ab, wedelte mit seinem Schwanz erst die Fliegen weg, die sich auf den Braten gesetzt hatten und brachte ihn dann seinem Herrn. »Sieht Er, Herr Wirt«, sprach der Jäger, »Brot und Fleisch ist da, nun will ich auch Zugemüs essen, wie es der König ißt.«

Da rief er den Wolf und sprach: »Lieber Wolf, geh hin und hol mir Zugemüs, wie's der König ißt.« Da ging der Wolf geradezu ins Schloß, weil er sich vor niemand fürchtete, und als er in der Königstochter Zimmer kam, da zupfte er sie hinten am Kleid, daß sie sich umschauen mußte. Sie erkannte ihn am Halsband und nahm ihn mit in ihre Kammer und sprach: »Lieber Wolf, was willst du?«

Antwortete er: »Mein Herr, der den Drachen getötet hat, ist hier. Ich soll bitten um ein Zugemüs, wie es der König ißt.« Da ließ sie den Koch kommen, der mußte ein Zugemüs bereiten, wie es der König aß, und mußte es dem Wolf bis vor die Türe tragen. Da nahm ihm der Wolf die Schüssel ab und brachte sie seinem Herrn. »Sieht Er, Herr

Wirt«, sprach der Jäger, »nun hab' ich Brot, Fleisch und Zugemüs, aber ich will auch Zuckerwerk essen, wie es der König ißt.«

Rief er den Bären und sprach: »Lieber Bär, du leckst doch gern etwas Süßes, geh hin und hol mir Zuckerwerk, wie's der König ißt.« Da trabte der Bär nach dem Schlosse, und ihm ging jedermann aus dem Wege. Als er aber zu der Wache kam, hielt sie die Flinten vor und wollte ihn nicht ins königliche Schloß lassen. Aber er hob sich in die Höhe und gab mit seinen Tatzen links und rechts ein paar Ohrfeigen, daß die ganze Wache zusammenfiel, und darauf ging er geradewegs zu der Königstochter, stellte sich hinter sie und brummte ein wenig. Da schaute sie rückwärts und erkannte den Bären und hieß ihn mitgehn in ihre Kammer und sprach: »Lieber Bär, was willst du?« Antwortete er: »Mein Herr, der den Drachen getötet hat, ist hier. Ich soll bitten um Zuckerwerk, wie's der König ißt.« Da ließ sie den Zuckerbäcker kommen, der mußte Zuckerwerk backen, wie's der König aß, und dem Bären vor die Türe tragen. Da leckte der Bär erst die Zuckererbsen auf, die heruntergerollt waren, dann stellte er sich aufrecht, nahm die Schüssel und brachte sie seinem Herrn. »Sieht Er, Herr Wirt«, sprach der Jäger, »nun habe ich Brot, Fleisch, Zugemüs und Zuckerwerk. Aber ich will auch Wein trinken, wie ihn der König trinkt.«

Er rief seinen Löwen herbei und sprach: »Lieber Löwe, du trinkst dir doch gerne einen Rausch. Geh und hol mir Wein, wie ihn der König trinkt!« Da schritt der Löwe über die Straße, und die Leute liefen vor ihm davon, und als er an die Wache kam, wollte sie den Weg sperren, aber er brüllte nur einmal, so sprang alles fort. Nun ging der Löwe vor das königliche Zimmer und klopfte mit seinem Schweif an die Türe. Da kam die Königstochter heraus und wäre fast über den Löwen erschrocken, aber sie erkannte ihn an dem goldenen Schloß von ihrem Halsbande

und hieß ihn mit in ihre Kammer gehen und sprach: »Lieber Löwe, was willst du?«
Antwortete er: »Mein Herr, der den Drachen getötet hat, ist hier. Ich soll bitten um Wein, wie ihn der König trinkt.« Da ließ sie den Mundschenk kommen, der sollte dem Löwen Wein geben, wie ihn der König tränke. Sprach der Löwe: »Ich will mitgehen und sehen, daß ich den rechten kriege.« Da ging er mit dem Mundschenk hinab, und als sie unten hinkamen, wollte ihm dieser von dem gewöhnlichen Wein zapfen, wie ihn des Königs Diener tranken, aber der Löwe sprach: »Halt! Ich will den Wein erst versuchen«, zapfte sich ein halbes Maß und schluckte es auf einmal hinab. »Nein«, sagte er, »das ist nicht der rechte.« Der Mundschenk sah ihn schief an, ging aber und wollte ihm aus einem andern Faß geben, das für des Königs Marschall war. Sprach der Löwe: »Halt! Erst will ich den Wein versuchen«, zapfte sich ein halbes Maß und trank es, »der ist besser, aber noch nicht der rechte.« Da ward der Mundschenk bös und sprach: »Was so ein dummes Vieh vom Wein verstehen will!« Aber der Löwe gab ihm einen Schlag hinter die Ohren, daß er unsanft zur Erde fiel, und als er sich wieder aufgemacht hatte, führte er den Löwen ganz stillschweigend in einen kleinen besonderen Keller, wo des Königs Wein lag, von dem sonst kein Mensch zu trinken bekam. Der Löwe zapfte sich erst ein halbes Maß und versuchte den Wein, dann sprach er: »Das kann von dem rechten sein«, und hieß den Mundschenk sechs Flaschen füllen. Nun stiegen sie herauf, wie der Löwe aber aus dem Keller ins Freie kam, schwankte er hin und her und war ein wenig trunken, und der Mundschenk mußte ihm den Wein bis vor die Türe tragen. Da nahm der Löwe den Henkelkorb in das Maul und brachte ihn seinem Herrn. Sprach der Jäger: »Sieht Er, Herr Wirt, da hab' ich Brot, Fleisch, Zugemüs, Zuckerwerk und Wein, wie es der König hat, nun will ich mit meinen Tieren Mahlzeit halten«, und

setzte sich hin, aß und trank und gab dem Hasen, dem Fuchs, dem Wolf, dem Bären und dem Löwen auch davon zu essen und zu trinken und war guter Dinge, denn er sah, daß ihn die Königstochter noch lieb hatte.

Und als er Mahlzeit gehalten hatte, sprach er: »Herr Wirt, nun hab' ich gegessen und getrunken, wie der König ißt und trinkt. Jetzt will ich an des Königs Hof gehen und die Königstochter heiraten!«

Fragte der Wirt: »Wie soll das zugehen, da sie schon einen Bräutigam hat und heute die Vermählung gefeiert wird?«

Da zog der Jäger das Taschentuch heraus, das ihm die Königstochter auf dem Drachenberg gegeben hatte und worin die sieben Zungen des Untiers eingewickelt waren, und sprach: »Dazu soll mir helfen, was ich da in der Hand halte.«

Da sah der Wirt das Tuch an und sprach: »Wenn ich alles glaube, so glaube ich das nicht und will wohl Haus und Hof dransetzen.«

Der Jäger aber nahm einen Beutel mit tausend Goldstükken, stellte ihn auf den Tisch und sagte: »Das setze ich dagegen.«

Nun sprach der König an der königlichen Tafel zu seiner Tochter: »Was haben die wilden Tiere alle gewollt, die zu dir gekommen und in mein Schloß ein- und ausgegangen sind?«

Da antwortete sie: »Ich darf's nicht sagen, aber schickt hin und laßt den Herrn dieser Tiere holen, so werdet Ihr wohltun.« Der König schickte einen Diener ins Wirtshaus und ließ den fremden Mann einladen, und der Diener kam gerade, wie der Jäger mit dem Wirt gewettet hatte. Da sprach er: »Sieht Er, Herr Wirt, da schickt der König einen Diener und läßt mich einladen, aber ich gehe so noch nicht.« Und zu dem Diener sagte er: »Ich lasse den Herrn König bitten, daß er mir königliche Kleider schickt, einen Wagen mit sechs Pferden und Diener, die mir aufwarten.«

Als der König die Antwort hörte, sprach er zu seiner Tochter: »Was soll ich tun?«
Sagte sie: »Laßt ihn holen, wie er's verlangt, so werdet Ihr wohltun.« Da schickte der König königliche Kleider, einen Wagen mit sechs Pferden und Diener, die ihm aufwarten sollten. Als der Jäger sie kommen sah, sprach er: »Sieht Er, Herr Wirt, nun werde ich abgeholt, wie ich es verlangt habe« und zog die königlichen Kleider an, nahm das Tuch mit den Drachenzungen und fuhr zum König.
Als ihn der König kommen sah, sprach er zu seiner Tochter: »Wie soll ich ihn empfangen?«
Antwortete sie: »Geht ihm entgegen, so werdet Ihr wohl tun.« Da ging der König ihm entgegen und führte ihn herauf, und seine Tiere folgten ihm nach. Der König wies ihm einen Platz an neben sich und seiner Tochter. Der Marschall saß auf der andern Seite als Bräutigam, aber der kannte ihn nicht mehr. Nun wurden gerade die sieben Häupter des Drachen zur Schau aufgetragen, und der König sprach: »Die sieben Häupter hat der Marschall dem Drachen abgeschlagen, darum geb' ich ihm heute meine Tochter zur Gemahlin.«
Da stand der Jäger auf, öffnete die sieben Rachen und sprach: »Wo sind die sieben Zungen des Drachen?« Da erschrak der Marschall, ward bleich und wußte nicht, was er antworten sollte. Endlich sagte er in der Angst: »Drachen haben keine Zungen.« Sprach der Jäger: »Die Lügner sollten keine haben, aber die Drachenzungen sind das Wahrzeichen des Siegers«, und wickelte das Tuch auf. Da lagen sie alle siebene darin, und dann steckte er jede Zunge in den Rachen, in den sie gehörte und sie paßte genau. Darauf nahm er das Tuch, in welches der Name der Königstochter gestickt war, und zeigte es der Jungfrau und fragte sie, wem sie es gegeben hätte. Da antwortete sie: »Dem, der den Drachen getötet hat.« Und dann rief er sein Getier, nahm jedem das Halsband und dem Löwen das

goldene Schloß ab und zeigte es der Jungfrau und fragte, wem es angehörte. Antwortete sie: »Das Halsband und das goldene Schloß waren mein. Ich habe es unter die Tiere verteilt, die den Drachen besiegen halfen.«
Da sprach der Jäger: »Als ich müde von dem Kampf geruht und geschlafen habe, da ist der Marschall gekommen und hat mir den Kopf abgehauen. Dann hat er die Königstochter fortgetragen und vorgegeben, er sei es gewesen, der den Drachen getötet habe. Daß er gelogen hat, beweise ich mit den Zungen, dem Tuch und dem Halsband.« Und dann erzählte er, wie ihn seine Tiere durch eine wunderbare Wurzel geheilt hätten, daß er ein Jahr lang mit ihnen herumgezogen und endlich wieder hierher gekommen wäre, wo er den Betrug des Marschalls durch die Erzählung des Wirtes erfahren hätte. Da fragte der König seine Tochter: »Ist es wahr, daß dieser den Drachen getötet hat?«
Da antwortete sie: »Ja, es ist wahr! Jetzt darf ich die Schandtat des Marschalls offenbaren, weil sie ohne mein Zutun an den Tag gekommen ist, denn er hat mir das Versprechen zu schweigen abgezwungen. Darum aber habe ich mir ausgehalten, daß erst in Jahr und Tag die Hochzeit sollte gefeiert werden.« Da ließ der König zwölf Ratsherrn rufen, die sollten über den Marschall Urteil sprechen, und die urteilten, daß er müßte von vier Ochsen zerrissen werden. Also ward der Marschall gerichtet, der König aber übergab seine Tochter dem Jäger und ernannte ihn zu seinem Statthalter im ganzen Reich. Die Hochzeit ward mit großen Freuden gefeiert, und der junge König ließ seinen Vater und Pflegevater holen und überhäufte sie mit Schätzen. Den Wirt vergaß er auch nicht und ließ ihn kommen und sprach zu ihm: »Sieht Er, Herr Wirt, die Königstochter habe ich geheiratet, und sein Haus und Hof sind mein.«
Sprach der Wirt: »Ja, das wäre nach den Rechten.«

Der junge König aber sagte: »Es soll nach Gnaden gehen. Haus und Hof soll Er behalten, und die tausend Goldstücke schenke ich Ihm noch dazu.«

Nun waren der junge König und die junge Königin guter Dinge und lebten vergnügt zusammen. Er zog oft hinaus auf die Jagd, weil das seine Freude war, und die treuen Tiere mußten ihn begleiten. Es lag aber in der Nähe ein Wald, von dem hieß es, er wäre nicht geheuer, und wäre einer erst darin, so käm' er nicht leicht wieder heraus. Der junge König hatte aber große Lust, darin zu jagen und ließ dem alten König keine Ruhe, bis er es ihm erlaubte. Nun ritt er mit einer großen Begleitung aus, und als er zu dem Wald kam, sah er eine schneeweiße Hirschkuh darin und sprach zu seinen Leuten: »Haltet hier, bis ich zurückkomme. Ich will das schöne Wild jagen«, und ritt ihm nach in den Wald hinein, und nur seine Tiere folgten ihm. Die Leute hielten und warteten bis Abend, aber er kam nicht wieder. Da ritten sie heim und erzählten der jungen Königin: »Der junge König ist im Zauberwald einer weißen Hirschkuh nachgejagt und ist nicht wiedergekommen.« Da war sie in großer Besorgnis um ihn. Er war aber dem schönen Wild immer nachgeritten und konnte es niemals einholen. Wenn er meinte, es wäre schußrecht, so sah er es gleich wieder in weiter Ferne dahinspringen, und endlich verschwand es ganz. Nun merkte er, daß er tief in den Wald hineingeraten war, nahm sein Horn und blies, aber er bekam keine Antwort, denn seine Leute konnten's nicht hören. Und da auch die Nacht einbrach, sah er, daß er diesen Tag nicht heimkommen könnte. Er stieg ab, machte sich bei einem Baum ein Feuer an und wollte dabei übernachten. Als er bei dem Feuer saß und seine Tiere sich auch neben ihn gelegt hatten, deuchte ihn, als hörte er eine menschliche Stimme. Er schaute umher, konnte aber nichts bemerken. Bald darauf hörte er wieder ein Ächzen wie von oben her. Da blickte er in die Höhe und sah ein

altes Weib auf dem Baum sitzen, das jammerte in einem fort: »Hu, hu, hu, was mich friert!«
Sprach er: »Steig herab und wärme dich, wenn dich friert.«
Sie aber sagte: »Nein, deine Tiere beißen mich.«
Antwortete er: »Sie tun dir nichts, altes Mütterchen, komm nur herunter.«
Sie war aber eine Hexe und sprach: »Ich will dir eine Rute von dem Baum herabwerfen, wenn du sie damit auf den Rücken schlägst, tun sie mir nichts.« Da warf sie ihm ein Rütlein herab, und er schlug sie damit, und alsbald lagen sie still und waren in Stein verwandelt. Als die Hexe vor den Tieren sicher war, sprang sie herunter und rührte auch ihn mit einer Rute an und verwandelte ihn in Stein. Darauf lachte sie und schleppte ihn und die Tiere in einen Graben, wo schon mehr solcher Steine lagen.
Als aber der junge König gar nicht wiederkam, ward die Angst und Sorge der Königin immer größer. Nun trug sich zu, daß gerade in dieser Zeit der andere Bruder, der bei der Trennung gen Osten gewandert war, in das Königreich kam. Er hatte einen Dienst gesucht und keinen gefunden, war dann herumgezogen hin und her und hatte seine Tiere tanzen lassen. Da fiel ihm ein, er wollte einmal nach dem Messer sehen, das sie bei ihrer Trennung in einen Baumstamm gestoßen hatten, um zu erfahren, wie es seinem Bruder ginge. Wie er dahin kam, war seines Bruders Seite halb verrostet, und halb war sie noch blank. Da erschrak er und dachte: »Meinem Bruder muß ein großes Unglück zugestoßen sein. Doch kann ich ihn vielleicht noch retten, denn die Hälfte des Messers ist noch blank.« Er zog mit seinen Tieren gen Westen, und als er in das Stadttor kam, trat ihm die Wache entgegen und fragte, ob sie ihn bei seiner Gemahlin melden sollte. Die junge Königin wäre schon seit ein paar Tagen in großer Angst über sein Ausbleiben und fürchtete, er wäre im Zauberwald

umgekommen. Die Wache nämlich glaubte nicht anders, als er wäre der junge König selbst, so ähnlich sah er ihm und hatte auch die wilden Tiere hinter sich laufen. Da merkte er, daß von seinem Bruder die Rede war, und dachte: »Es ist das beste, ich gebe mich für ihn aus, so kann ich ihn wohl leichter erretten.« Also ließ er sich von der Wache ins Schloß begleiten und ward mit großen Freuden empfangen. Die junge Königin meinte nicht anders, als es wäre ihr Gemahl, und fragte ihn, warum er so lange ausgeblieben wäre. Er antwortete: »Ich hatte mich in einem Walde verirrt und konnte mich nicht eher wieder herausfinden.« Abends ward er in das königliche Bett gebracht, aber er legte ein zweischneidiges Schwert zwischen sich und die junge Königin. Sie wußte nicht, was das heißen sollte, getraute sich aber nicht zu fragen.

Da blieb er ein paar Tage und erforschte derweil alles, wie es mit dem Zauberwald beschaffen war. Endlich sprach er: »Ich muß noch einmal dort jagen.« Der König und die junge Königin wollten es ihm ausreden, aber er bestand darauf und zog mit großer Begleitung hinaus. Als er in den Wald gekommen war, erging es ihm wie seinem Bruder. Er sah eine weiße Hirschkuh und sprach zu seinen Leuten: »Bleibt hier und wartet, bis ich wiederkomme, ich will das schöne Wild jagen«, ritt in den Wald hinein, und seine Tiere liefen ihm nach. Aber er konnte die Hirschkuh nicht einholen und geriet so tief in den Wald, daß er darin übernachten mußte. Und als er ein Feuer angemacht hatte, hörte er über sich ächzen: »Hu, hu, hu, wie mich friert!« Da schaute er hinauf, und es saß dieselbe Hexe oben im Baum. Sprach er: »Wenn dich friert, so komm herab, altes Mütterchen und wärme dich.«

Antwortete sie: »Nein, deine Tiere beißen mich.«

Er aber sprach: »Sie tun dir nichts.«

Da rief sie: »Ich will dir eine Rute hinabwerfen, wenn du sie damit schlägst, so tun sie mir nichts.«

Wie der Jäger das hörte, traute er der Alten nicht und sprach: »Meine Tiere schlag' ich nicht. Komm du herunter, oder ich hol' dich!«
Da rief sie: »Was willst du wohl? Du tust mir noch nichts.«
Er aber antwortete: »Kommst du nicht, so schieß' ich dich herunter.«
Sprach sie: »Schieß nur zu, vor deinen Kugeln fürchte ich mich nicht.«
Da legte er an und schoß nach ihr, aber die Hexe war fest gegen alle Bleikugeln, lachte, daß es gellte, und rief: »Du sollst mich noch nicht treffen.« Der Jäger wußte Bescheid, riß sich drei silberne Knöpfe vom Rock und lud sie in die Büchse, denn dagegen war ihre Kunst umsonst, und als er losdrückte, stürzte sie gleich mit Geschrei herab. Da stellte er den Fuß auf sie und sprach: »Alte Hexe, wenn du nicht gleich gestehst, wo mein Bruder ist, so pack' ich dich mit beiden Händen und werfe dich ins Feuer.«
Sie war in großer Angst, bat um Gnade und sagte: »Er liegt mit seinen Tieren versteinert in einem Graben.«
Da zwang er sie, mit hinzugehen, drohte ihr und sprach: »Alte Meerkatze, jetzt machst du meinen Bruder und alle Geschöpfe, die hier liegen, lebendig, oder du kommst ins Feuer.«
Sie nahm eine Rute und rührte die Steine an, da wurde sein Bruder mit den Tieren wieder lebendig, und viele andere, Kaufleute, Handwerker, Hirten, standen auf, dankten für ihre Befreiung und zogen heim. Die Zwillingsbrüder aber, als sie sich wiedersahen, küßten sich und freuten sich von Herzen. Dann griffen sie die Hexe, banden sie und legten sie ins Feuer, und als sie verbrannt war, da tat sich der Wald von selbst auf und war licht und hell, und man konnte das königliche Schloß auf drei Stunden Wegs sehen.
Nun gingen die zwei Brüder zusammen nach Haus und erzählten einander auf dem Weg ihre Schicksale. Und als

der Jüngste sagte, er wäre an des Königs Statt Herr im ganzen Lande, sprach der andere: »Das hab' ich wohl gemerkt, denn als ich in die Stadt kam und für dich angesehen ward, da geschah mir alle königliche Ehre. Die junge Königin hielt mich für ihren Gemahl, und ich mußte an ihrer Seite essen und in deinem Bett schlafen.« Wie das der andere hörte, ward er so eifersüchtig und zornig, daß er sein Schwert zog und seinem Bruder den Kopf abschlug. Als dieser aber tot dalag und er sein rotes Blut fließen sah, reute es ihn gewaltig: »Mein Bruder hat mich erlöst«, rief er aus, »und ich habe ihn dafür getötet!« und jammerte laut. Da kam sein Hase und erbot sich, von der Lebenswurzel zu holen, sprang fort und brachte sie noch zu rechter Zeit. Der Tote ward wieder ins Leben gebracht und merkte gar nichts von der Wunde.

Darauf zogen sie weiter, und der Jüngste sprach: »Du siehst aus wie ich, hast königliche Kleider an wie ich, und die Tiere folgen dir nach wie mir. Wir wollen zu den entgegengesetzten Toren eingehen und von zwei Seiten zugleich beim alten König anlangen.« Also trennten sie sich, und bei dem alten König kam zu gleicher Zeit die Wache von dem einen und dem andern Tore und meldete, der junge König mit den Tieren wäre von der Jagd angelangt. Sprach der König: »Es ist nicht möglich, die Tore liegen eine Stunde weit auseinander.« Indem aber kamen von zwei Seiten die beiden Brüder in den Schloßhof hinein und stiegen beide herauf. Da sprach der König zu seiner Tochter: »Sag an, welcher ist dein Gemahl? Es sieht einer aus wie der andere, ich kann's nicht wissen.«

Sie war da in großer Angst und konnte es nicht sagen. Endlich fiel ihr das Halsband ein, das sie den Tieren gegeben hatte, suchte und fand an dem einen Löwen ihr goldenes Schlößchen. Da rief sie vergnügt: »Der, dem dieser Löwe nachfolgt, der ist mein rechter Gemahl.« Da lachte der junge König und sagte: »Ja, das ist der rechte«, und sie setzten sich zusammen zu Tisch, aßen und tranken und waren fröhlich. Abends, als der junge König zu Bett ging, sprach seine Frau: »Warum hast du die vorigen Nächte immer ein zweischneidiges Schwert in unser Bett gelegt? Ich habe geglaubt, du wolltest mich totschlagen.« Da erkannte er, wie treu sein Bruder gewesen war.

[Märchen der Brüder Grimm]

# Treu und Untreu

Es waren einmal zwei Brüder, der eine hieß Treu, und der andere hieß Untreu. Treu war immer gut und aufrichtig gegen jedermann, aber Untreu war böse und voller Lügen, so daß niemand auf sein Wort bauen konnte. Die Mutter war Witwe und hatte nur kümmerlich zu leben. Darum mußten die Söhne, als sie herangewachsen waren, in die Welt wandern, um sich ihr Brot zu verdienen, und jedem von ihnen gab sie einen Schnappsack mit Essen auf den Weg.

Als sie nun so lange fortgewandert waren, bis es Abend wurde, setzten sie sich auf einen vom Sturm umgeworfenen Baum im Walde nieder, und jeder nahm seinen Schnappsack hervor. »Willst du wie ich«, sagte Untreu, »so wollen wir erst aus deinem Sack essen, solange etwas drin ist. Nachher essen wir dann aus meinem.« Ja, Treu war's zufrieden, tat seinen Schnappsack auf, und sie fingen an zu essen. Aber all das Schönste und Beste steckte Untreu in sich hinein, und Treu bekam nur die Schwarten und die angebrannte Rinde. Am Morgen war Treu wieder der Wirt und am Mittag auch, da ward aber sein Schnappsack ganz leer.

Als sie nun so lange gegangen waren, bis es wieder Abend wurde und der Hunger sich einstellte, wollte Treu aus seines Bruders Schnappsack essen, aber Untreu sagte, das Essen wäre sein, und er hätte nicht mehr, als er selber brauche. »Ich habe dich aber doch auch aus meinem Schnappsack essen lassen, solange etwas drin war«, sagte Treu.

»Ja, warum bist du ein solcher Narr gewesen und hast das getan?« sagte Untreu. »Nun kannst du dir den Mund lekken, wenn du nichts anderes hast.«
»Untreu heißt du, und untreu bist du, und das bist du all dein Lebtag gewesen«, sagte Treu. Als Untreu das hörte, geriet er so in Wut, daß er auf den Bruder zurannte und ihm die Augen aus dem Kopf stach. »Nun kannst du sehen, welche Leute treu und welche untreu sind, du Blindekuh!« sagte er, und damit ging er fort.
Der arme Treu ging nun und tappte blind und allein im dichten Wald umher und wußte nicht, was er anfangen sollte. Endlich kam er zu einem großen Lindenbaum, und da kletterte er hinauf, um die Nacht über im Schutz vor den wilden Tieren zu sein. »Wenn morgen die Vögel singen, dann ist es Tag«, dachte er, »und dann muß ich zusehen, daß ich weiterkomme.« Als er aber eine Weile da gesessen hatte, hörte er, daß jemand unter den Baum kam und anfing zu kochen und zu braten. Es dauerte nicht lange, so kamen noch mehr, und als sie einander grüßten, hörte er, daß es der Bär, der Wolf, der Fuchs und der Hase waren, die wollten den St. Johannistag feiern.
Sie fingen nun an zu essen und zu trinken und taten sich gütlich, und als sie damit fertig waren, setzten sie sich hin und schwatzten miteinander. Darauf sagte der Fuchs: »Wir wollen einander Geschichten erzählen!« Der Vorschlag gefiel, und der Bär begann zuerst, denn er war der Vornehmste. »Der König von England«, sagte er, »hat schlechte Augen. Er kann fast nicht einen Ellbogen weit sehen. Aber wenn er des Morgens auf diese Linde stiege, während der Tau auf den Blättern liegt, und sich damit die Augen bestriche, so würde er wieder ebensogut sehen, als er's zuvor gekonnt hat.«
»Ja«, sagte der Wolf, »der König von England hat auch eine taubstumme Tochter. Aber wüßte er, was ich weiß, so

wäre ihr bald geholfen. Als sie nämlich voriges Jahr zum Abendmahl ging, spuckte sie das Altarbrot wieder aus, und da kam eine große Kröte und verschlang es. Wenn sie jetzt nur in der Kirche unter dem Fußboden nachgrüben, so würden sie die Kröte finden. Denn die sitzt unter dem Altar, und das Brot steckt ihr noch im Halse. Wenn sie dann die Kröte aufschnitten und das Brot der Prinzessin zu essen gäben, so würde sie wieder ebensogut hören und sprechen wie andere Leute auch.«

»Ja, ja«, sagte der Fuchs, »wenn der König von England wüßte, was ich weiß, dann hätte er nicht so schlechtes Wasser in seinem Schloßhof. Denn unter dem großen Stein, mitten im Hof, ist das klarste Brunnenwasser, das man sich nur wünschen kann. Wenn er bloß so klug wäre und da nachgrübe!«

»Ja«, sagte der Hase, »der König von England hat den schönsten Obstgarten im ganzen Lande, aber er trägt ihm keinen Apfel, denn es liegt eine schwere goldene Kette dreimal rund um den Garten vergraben. Wenn er aber die herausgrübe, so würde es der schönste Garten im ganzen Reich werden.«

»Nun ist es schon spät in der Nacht, und wir gehen am besten wieder nach Hause«, sagte der Fuchs, und damit gingen alle ihres Weges.

Als sie fort waren, schlief Treu, der oben in der Linde saß, sogleich ein. Aber sowie am Morgen die Vögel zu singen begannen, erwachte er wieder, und nun nahm er von dem Tau auf den Blättern und bestrich sich damit die Augen. Als er das getan hatte, konnte er wieder ebensogut damit sehen als zuvor, eh' Untreu sie ihm ausgestochen hatte. Nun ging er gradewegs aufs Schloß, zum König von England, und bat um Arbeit, und die bekam er denn auch. Eines Tages kam der König hinaus auf den Hof, und als er da eine Weile auf- und abgegangen war, wollte er etwas zu trinken haben aus seinem Brunnen, denn es war sehr

heiß den Tag. Als sie aber das Wasser schöpften, war es ganz schlammig und trübe.
Darüber ward der König ärgerlich und sprach: »Ich bin der einzige in meinem Reich, der schlechtes Wasser in seinem Hof hat, und doch muß ich es weit über Berg und Tal herleiten.«
Treu aber sprach zu ihm: »Wenn Ihr mir nur etliche Leute zu Hilfe geben wollt, damit ich den großen Stein aufbrechen könnte, der mitten in Eurem Hof liegt, dann solltet Ihr schon reines und gutes Wasser bekommen und das, soviel Ihr nur wünscht.« Dazu war der König sogleich bereit, und kaum hatten die Leute den Stein aufgebrochen und eine Weile gegraben, so sprang das Wasser in hellen Strahlen in die Höhe. Klareres Wasser fand man in ganz England nicht.
Einige Zeit danach war der König wieder auf dem Hof. Da schoß plötzlich ein großer Habicht auf seine Hühner herab, und alle klatschten in die Hände und riefen: »Da ist er! Da ist er!« Der König griff nach seiner Büchse und wollte den Habicht schießen, aber er konnte nicht so weit sehen. Darüber war er sehr betrübt und sprach: »Wollte Gott, daß mir nur jemand einen guten Rat für meine Augen geben könnte! Ich glaube, ich werde am Ende noch ganz blind.«
»Ich will Euch wohl sagen, wie Euch zu helfen ist«, sagte Treu und erzählte ihm von dem wundertätigen Tau auf der Linde, wodurch er selbst einmal sein Gesicht wiedererlangt habe. Der König begab sich noch denselben Abend nach dem Wald und schlief die Nacht über auf der Linde. Als er sich darauf am Morgen mit dem Tau, der auf den Blättern lag, die Augen bestrichen hatte, da konnte er wieder ebensogut sehen wie zuvor. Aber von der Zeit an hielt der König auf keinen größere Stücke als auf Treu, und er mußte immer um ihn sein, wo er nur ging und stand.

Eines Tages gingen sie zusammen im Garten spazieren. »Ich weiß nicht, woher es kommt«, sagte der König, »aber keiner in meinem ganzen Reich hat so viel Mühe auf seinen Garten verwendet wie ich, und doch kann ich keinen einzigen Baum so weit bringen, daß er auch nur einen Apfel trägt.«

Da sagte Treu zum König: »Wollt Ihr mir das geben, was dreimal rund um Euren Garten liegt, und auch soviel Leute, um es auszugraben, dann sollen die Bäume in Eurem Garten bald Früchte genug tragen.« Ja, das wollte der König gern. Treu bekam Leute zum Graben, soviel er nur wollte, und als sie eine Weile gegraben hatten, trafen sie auf die goldene Kette, die dreimal rund um den ganzen Garten ging. Als sie die herausgegraben hatten, fingen die Bäume im Garten an Früchte zu tragen, und sie trugen bald so viel, daß die Zweige bis an die Erde herunterhingen. Treu war nun ein reicher Mann, weit reicher als der König selber. Aber dieser freute sich, daß nun die Bäume in seinem Garten so schöne Früchte trugen.

Eines Tages gingen Treu und der König wieder zusammen spazieren, und sie schwatzten von diesem und jenem, da kam gerade die Prinzessin an ihnen vorüber. Der König wurde ganz betrübt, als er sie sah, und sprach: »Ist es nicht ein Jammer, daß eine so schöne Prinzessin wie meine Tochter nicht mehr hören und sprechen kann?«

»Dagegen wüßte ich wohl ein Mittel«, meinte Treu. Als der König das hörte, ward er so froh, daß er dem Burschen die Prinzessin und das halbe Reich versprach, wenn er ihr das Gehör und die Sprache wieder verschaffen könne. Treu aber nahm ein paar Leute mit in die Kirche und grub die Kröte heraus, die dort unter dem Altar saß. Dann schnitt er ihr den Rachen auf, nahm das Brot heraus und gab es der Königstochter zu essen. Und sowie sie das gegessen hatte, konnte sie wieder ebensogut hören und sprechen wie andere Leute auch.

Nun war es soweit, daß Treu die Prinzessin heiraten sollte, und es wurde zur Hochzeit gerüstet. Das sollte aber eine Hochzeit werden, wovon man sich im ganzen Lande zu erzählen hätte. Während sie nun alle lustig waren und sangen und tanzten, kam ein armer Bettler vor die Tür und bat um ein wenig zu essen. Er hatte so lumpige Kleider an und sah so entsetzlich elend aus, daß alle sich vor ihm bekreuzten. Treu aber erkannte ihn sogleich und sah, daß es sein Bruder Untreu war. »Kennst du mich nicht?« fragte Treu ihn.

»Ach, wo sollte ich wohl einen so großen Herrn gesehen haben, wie Ihr seid?« sagte Untreu.

»Gesehen hast du mich allerdings«, sagte Treu, »denn das war ich, dem du vor einem Jahr die Augen ausgestochen hast. Untreu heißt du, und untreu bist du. Das sagte ich dir damals, und das sag' ich dir auch noch jetzt. Du bist aber trotz allem mein Bruder, und darum sollst du nicht hungrig fortgehen, sondern zu essen und zu trinken haben. Danach kannst du zu der Linde gehen, auf der ich voriges Jahr in der Nacht saß. Vielleicht erfährst du dann etwas, das zu deinem Heil dienen kann.«

Untreu ließ die Worte nicht verloren sein. »Hatte Treu, weil er eine Nacht auf der Linde saß, ein solches Glück, daß er binnen einem Jahr König von halb England geworden ist, wer weiß, was mir dann widerfährt«, dachte er und machte sich auf den Weg nach dem Wald und stieg auf die Linde. Er hatte noch nicht lange da gesessen, so kamen die Tiere unter dem Baum zusammen, aßen und tranken und feierten den St. Johannistag. Als sie nun genug gegessen und getrunken hatten, machte der Fuchs wieder den Vorschlag, daß sie einander Geschichten erzählen sollten, und da kannst du dir wohl denken, wie Untreu die Ohren spitzte.

Aber der Bär war dieses Mal verdrießlich, brummte und sprach: »Es hat jemand ausgeschwatzt, was wir uns voriges Jahr erzählten, und darum wollen wir jetzt schweigen von dem, was wir wissen!« Darauf sagten die Tiere einander gute Nacht und gingen ihres Weges, und Untreu war nun auch nicht klüger geworden als zuvor.

[Märchen aus Norwegen]

# Die vier Brüder

Es waren einmal vier Brüder, die hießen Hans, Jörg, Jockel und Michel. Davon war der erste ein Scharfschütze, der zweite ein Windbläser, der dritte ein Läufer und der vierte, der Michel, der war so stark, daß er die dicksten Eichen so spielend wie Grashalme aus der Erde reißen konnte.
Alle vier Brüder waren miteinander in die Welt gegangen. Da traf einmal ein Forstmann den Hans, der eben sein Gewehr angelegt hatte, als wenn er in die Luft schießen wollte. Der Förster fragte ihn, wonach er denn ziele. Und jener sprach: »Hundert Stunden von hier, auf einer Kirchturmspitze in Berlin, sitzt ein Spatz, den will ich schießen.« Im selben Augenblick drückte er ab und sprach nach einer kleinen Weile: »Da liegt er.« Der Förster wollte aber nicht glauben, daß er etwas getroffen habe. Darauf rief der Scharfschütz den Schnelläufer herbei und schickte ihn nach Berlin, um den geschossenen Spatz zu holen. Der lief auch sogleich hin und war nach zwei Stunden wieder da und brachte den Spatz mit. Der war aber so gut getroffen, daß der Kopf rechts und der Leib links vom Kirchturm herabgefallen war.
Darauf begleitete sie der Förster noch eine Strecke und traf den Jörg, der stand da bei sieben Windmühlen und schien ganz müßig in die Luft zu schauen und hielt beständig ein Rohr vor seinen Mund. Der Förster fragte: »Ei, Kamerad, was machst du denn da?«
»Nun«, sprach der Jörg, »ich blase die Windmühlen an, damit sie nicht stillstehen, weil heute der Wind nicht weht.«

Nicht weit davon traf der Förster auch den Michel, der hatte ein großes Seil um siebzig Morgen Wald gespannt. Der Förster wußte gar nicht, was das bedeuten solle, und fragte ihn, was er damit anfangen wolle. »Ach«, sagte der Michel, »ich wollte mir ein Büschel Holz holen, damit ich mir ein Feuer machen kann, wenn's im Winter kalt werden möchte«, und er riß den ganzen Wald um, daß es krachte, und trug ihn fort. Da mußte der Förster sich sehr verwundern und eilte, daß er nach Hause kam.

Die vier Brüder aber wanderten bald darauf nach Berlin. Da geschah es, daß der König von Preußen schwer erkrankte und sein Leibarzt erklärte, der König müsse sterben, wenn nicht das Kraut des Lebens, das auf dem Sankt Gotthard in der Schweiz wachse, in acht Stunden herbeigeschafft werde. Der König ließ bekanntmachen, wer das Kraut des Lebens holen könne, der solle soviel Geld haben, wie er mit sich forttragen könne. Darauf meldete sich der Schnelläufer und erklärte, das Kraut des Lebens holen zu wollen, wenn man ihm schriftlich den verheißenen Lohn zusichere. Das geschah denn auch, und sogleich sprang der Jockel davon und kam schon in zwei Stunden auf dem Gotthard an und fand dort das Kraut des Lebens. Damit eilte er wieder zurück. Als er aber noch eine gute Wegstrecke von Berlin entfernt war, setzte er sich unter einen Eichenbaum und schlief dabei ein. Da ward den übrigen Brüdern die Zeit etwas lang. Der Scharfschütz hielt deshalb nach ihm Ausschau und sah alsbald, daß er unter dem Eichbaum eingeschlafen war. Da nahm der Scharfschütz flink sein Gewehr und schoß mit einer Kugel nach dem Rockzipfel des Bruders. Dem kam es vor, als ob ihn jemand gezupft hätte. Er wachte auf und merkte, daß es höchste Zeit war weiterzulaufen, und nach einer Stunde kam er noch zeitig genug in Berlin an und übergab das Kraut des Lebens. Daraus wurde nun für den König eine

Arznei bereitet, durch die er in wenigen Stunden wieder völlig gesund wurde.
Der König war sehr froh und ließ dem Schnelläufer sagen, er möge nur kommen und seinen Lohn holen. Dieser ließ aber vorher einen Sack machen, zu dem brauchte man zweihundert Ellen Sackleinen. Und er nahm seinen Bruder Michel, den Eichenausreißer, mit, daß er in dem Sack das Geld tragen solle, das der König zu geben versprochen hatte. So gingen sie zum König, und der führte sie gleich in seine Schatzkammer und sagte: »Nehmt euch davon soviel, wie einer tragen kann!« Da machte der Michel seinen großen Sack auf und nahm eine Tonne Goldes nach der anderen wie einen Spielball in die Hand und warf sie hinein. Der Sack war aber noch lange nicht voll, und der Michel konnte noch viel mehr tragen. Deshalb begaben sie sich in die zweite Schatzkammer und steckten das Geld, das dort lag, auch in den Sack hinein. Als sie darauf aber in die dritte Kammer gingen und noch immer nicht genug bekommen konnten, da wurde der König böse. Er gab Befehl, daß zwei Regimenter Fußsoldaten und zwei zu Pferde vor das Schloß rücken sollten. Das dauerte aber zwei Stunden, bis sie ankamen, und unterdessen hatte der Michel seinen Sack über die Schulter geworfen und war fortgegangen. Weil der Sack aber gar so dick und breit war, so konnte er nicht ganz ungehindert damit aus dem Schloß kommen. Er zog und zog, und nun ging zwar der Sack durch das Schloßtor hindurch, aber das ganze Tor und acht Säulen dazu blieben daran hängen. Der Michel ging seines Weges weiter, bis er zum Königstor kam, doch das war für den mächtigen Sack voller Gold auch zu klein. Allein, er drückte herzhaft und hob das ganze Königstor aus und trug's auf seinen Schultern fort. Das Schloßtor, die acht Säulen und die vielen Tonnen Goldes hatte er ja ohnehin schon auf dem Buckel. Als er mit dieser Last an einen See gelangte, da sprach er: »Ich will hier doch ein

Weilchen ausruhen, bis der Jockel und der Jörg kommen. Auch drückt mich das dumme Säckle ein wenig auf der Schulter.« Und wie er's nun ablegte, da sah er erst, was alles noch auf dem Sack lag. Als die beiden Brüder jetzt ankamen, da mußten sie über den starken Michel recht herzlich lachen. Es dauerte aber nicht lange, da rückten die vier Regimenter Soldaten an den See und wollten das Gold und das Geld wieder zurückholen. Da nahm der Jörg bloß sein Windrohr und blies alle Soldaten in den See, daß sie jämmerlich ertranken. Darauf zogen die vier Brüder in Frieden weiter, teilten ihren Schatz unter sich auf und lebten als reiche Leute vergnügt bis an ihr Ende.

[Märchen aus Schwaben]

# Der Däumling und der Menschenfresser

Es war einmal ein armer Korbmacher, der hatte mit seiner Frau sieben Jungen, da war immer einer kleiner als der andere. Der jüngste war bei seiner Geburt nicht größer als ein Daumen, daher nannte man ihn Däumling. Doch war es ein kluger und pfiffiger Knirps, der an Gewandtheit und Schlauheit seine Brüder in den Sack steckte.
Den Eltern ging es gar übel, denn Korbmachen und Strohflechten ist keine so nahrhafte Profession wie Semmelbacken und Kälberschlachten, und als vollends eine teure Zeit kam, wußten sie nicht mehr, wie sie ihre sieben Würmer satt machen sollten. Da beratschlagten sie eines Abends, als die Kinder zu Bette waren, miteinander, was sie anfangen wollten, und wurden einig, die Kinder mit in den Wald zu nehmen, wo die Weiden wachsen, aus denen man Körbe flicht, und sie heimlich zu verlassen. Das alles hörte aber der Däumling an, der nicht schlief, wie seine Brüder, und er grübelte die ganze Nacht, wie er sich und seinen Brüdern helfen könnte.
Frühmorgens lief er an den Bach, suchte die Taschen voll kleiner weißer Kiesel und ging wieder heim. Seinen Brüdern sagte er von dem, was er erhorcht hatte, kein Sterbenswörtchen. Nun machten sich die Eltern auf in den Wald, hießen die Kinder folgen, und der Däumling ließ ein Kieselsteinchen nach dem andern auf den Weg fallen. Das sah niemand, weil er als der jüngste und kleinste stets hintennach trottelte.
Im Wald machten sich die Eltern unbemerkt von den Kindern fort, und auf einmal waren sie weg. Als das die Kin-

der merkten, erhoben sie allzumal, Däumling ausgenommen, ein Zetergeschrei. Däumling lachte und sprach zu seinen Brüdern: »Heult und schreit nicht so jämmerlich! Wollen den Weg schon allein finden.« Und nun ging Däumling voran und nicht hinterdrein und richtete sich genau nach den weißen Kieselsteinchen, fand auch den Weg ohne alle Mühe.

Als die Eltern heimkamen, bescherte ihnen Gott Geld ins Haus. Eine alte Schuld, auf die sie nicht mehr gehofft hatten, wurde von einem Nachbar an sie bezahlt, und nun wurden Eßwaren gekauft, daß sich der Tisch bog. Aber nun kam auch die Reue, daß die Kinder verstoßen worden waren, und die Frau begann erbärmlich zu lamentieren: »Ach, du lieber, allerliebster Gott! Wenn wir doch die Kinder nicht im Wald gelassen hätten! Ach, jetzt könnten sie sich dicksatt essen, und so haben die Wölfe sie vielleicht schon im Magen. Ach, wären nur unsere liebsten Kinder da!«

»Mutter, da sind wir ja«, sprach da ein Stimmchen. Die Tür ging auf, und herein trippelten die kleinen Korbmacher – eins, zwei, drei, vier, fünf, sechs, sieben. Ihren guten Appetit hatten sie wieder mitgebracht, und sie konnten sich gleich an den reichlich gedeckten Tisch setzen und satt essen nach Herzenslust. Die Herrlichkeit war groß, daß die Kinder wieder da waren, und es wurde, solange das Geld reichte, in Freuden gelebt.

Nicht lange aber währte es, so war in des Korbmachers Hütte Schmalhans wieder Küchenmeister, und die Eltern nahmen sich wieder vor, die Kinder im Walde ihrem Schicksal zu überlassen. Der kleine Däumling hatte auch diesmal das ganze Gespräch gehört und wollte am andern Morgen aus dem Häuschen schlüpfen, um Kieselsteine aufzulesen. Aber o weh, da war's verriegelt, und Däumling war viel zu klein, als daß er den Riegel hätte erreichen können. Doch er blieb guten Mutes und gedachte sich

schon anders zu helfen. Wie es fortging zum Walde, formte er den ganzen Weg lang kleine Sandhäufchen und meinte, ihn dadurch wiederzufinden.
Alles begab sich wie das erste Mal, nur hatte der Wind die Sandhäufchen verweht, so daß sie bald den Weg verloren. Eine Zeitlang tappten sie im Wald herum, bis es ganz finster wurde, und fürchteten sich über die Maßen, nur der Däumling schrie nicht und hatte keine Angst. Unter dem schirmenden Laubdach eines Baumes, auf weichem Moos, schliefen die sieben Brüder. Und als es Tag war, stieg Däumling auf einen Baum, die Gegend zu erkunden. Erst erblickte er nichts als Waldbäume, dann aber sah er nicht weit Rauch aufsteigen, der aus einer Hütte kam. Er merkte sich die Richtung, rutschte vom Baume herab und ging seinen Brüdern voran tapfer auf das Häuschen zu, klopfte auch ganz bescheiden an der Türe an. Da trat eine Frau heraus, und Däumling bat, sie doch einzulassen, sie hätten sich verirrt und wüßten nicht wohin und hätten so großen Hunger. Die Frau ließ den Däumling mit seinen Brüdern eintreten und gab jedem ein Stückchen Brot. Sie sagte ihnen aber auch gleich, daß sie im Hause des Menschenfressers wären, der besonders gern die kleinen Kinder fräße. Dann verbarg sie eilig die zitternden Kinder unter dem Ofen, und bald darauf hörte man Tritte, und es klopfte stark an der Türe. Das war der Menschenfresser, der von seinem Raubzug heimkam. Sowie er in die Stube getreten war, rief er: »Ich wittre Menschenfleisch!« Die Frau wollte es ihm ausreden und briet ihm ein Lamm, als er aber damit fertig war, schnoberte er wieder in der Stube herum, ging seinem Geruch nach und fand die Kinder. Die waren ganz hin vor Entsetzen. Schon wetzte er sein langes Messer, die Kinder zu schlachten, gab aber schließlich seiner Frau nach, die meinte, man müsse sie noch ein wenig am Leben lassen und auffüttern, weil sie doch gar zu dürr seien, besonders der kleine Däumling. Die Kinder wurden

zu Bett gebracht, und zwar in derselben Kammer, wo des Menschenfressers sieben Töchterlein schliefen, die so alt waren wie die sieben Brüder. Sie waren von Angesicht sehr häßlich, jedes hatte aber ein goldenes Krönlein auf dem Haupte. Das alles war der Däumling gewahr worden, machte sich ganz still aus dem Bett, nahm seine und seiner Brüder Zipfelmützen, setzte diese den Töchtern des Menschenfressers auf und deren Krönlein sich und seinen Brüdern. Dem Menschenfresser aber fiel es mitten in der Nacht ein, die Kinder könnten bis morgen weggelaufen sein, drum nahm er sein Messer und schlich sich in die Kammer, um ihnen die Hälse abzuschneiden. Es war aber stockdunkel in der Kammer, und der Menschenfresser tappte blind umher, bis er an ein Bett stieß, und tastete nach den Köpfen der darin Schlafenden. Da fühlte er die Krönchen und sprach: »Halt! Das sind deine Töchter. Bald hättest du einen Eselsstreich gemacht!«

Nun tappte er nach dem andern Bett, fühlte da die Nachtmützen und schnitt seinen sieben Töchtern die Hälse ab, einer nach der andern. Dann legte er sich nieder und schlief bald wieder ganz fest. Wie der Däumling ihn schnarchen hörte, weckte er seine Brüder, schlich sich mit ihnen aus dem Hause und suchte das Weite. Aber wie sehr sie auch eilten, so wußten sie doch weder Weg noch Steg und irrten wieder voll Angst und Sorge umher. Als der Morgen kam, erwachte der Menschenfresser und sprach zu seiner Frau: »Geh und richte die Krabben zu, die gestrigen!« Sie meinte, sie sollte die Kinder nun wecken, und ging voll Angst um sie hinauf in die Kammer. Wie erschrak sie, als sie die sieben Mädchen in ihrem Blut daliegen sah. Sie kam von Sinnen darüber und stürzte zu Boden. Als sie nun dem Menschenfresser zu lange blieb, ging er selbst hinauf, und da sah er, was er angerichtet hatte. Ganz rasend vor Wut zog er seine Siebenmeilenstiefel an, und nicht lange, so sahen die sieben Brüder ihn von weitem über Berg und Täler schreiten und waren sehr in Angst. Doch Däumling versteckte sich mit ihnen in die Höhlung eines großen Felsens. Als der Menschenfresser an diesen Felsen kam, setzte er sich darauf, um ein wenig zu ruhen, weil er müde geworden war. Und bald schlief er ein und schnarchte, daß es war, als brause ein Sturmwind. Da schlich sich Däumling hervor, wie ein Mäuschen aus seinem Loch, zog ihm die Siebenmeilenstiefel aus und zog sie selber an. Zum Glück hatten diese Stiefel die Eigenschaft, an jeden Fuß zu passen wie angemessen und angegossen. Nun nahm er an jede Hand einen seiner Brüder, diese faßten wieder einander an den Händen, und so ging es, hast du nicht gesehen, mit Siebenmeilenschritten nach Hause. Da hatten die Eltern eine große Freude und konnten sich nicht genug verwundern über die goldenen Krönlein und die Siebenmeilenstiefel. Aus den Krönlein lösten sie viel Geld, und der Däumling hat mit seinen Stiefeln sein Glück gemacht und viele große und weite Reisen getan, hat vielen Herren gedient, und wenn es ihm wo nicht gefallen hat, ist er spornstreichs weitergegangen. Kein Verfolger zu Fuß noch zu Pferd konnte ihn einholen, und seine Abenteuer, die er mit Hilfe seiner Stiefel bestand, sind nicht zu beschreiben.

[Märchen aus Thüringen]

# Nachwort

Im Märchen, wie im Leben vieler Menschen, hat die Familie eine zentrale Bedeutung. Innerhalb menschlicher Gemeinschaften ist sie bis heute die wichtigste Gruppe geblieben. Trotz aller Unterschiede, was die Größe und Form des Familienverbandes anbelangt, existieren in allen Kulturkreisen grundlegende und übereinstimmende Ideen. Die Beziehung zwischen Eltern und Kindern prägt das Leben des Kindes entscheidend. Eine ähnlich große Bedeutung kommt jedoch der Beziehung der Geschwister zu. Sie bilden eine Art Schicksals- und ›Zwangsgemeinschaft‹, denn die Geschwister kann sich niemand auswählen, und kein Kind kann sich ihnen entziehen. Die Stelle, die es innerhalb der Familie einnimmt, die Rolle, die es spielt, das Verhalten, das es zeigt oder das von ihm erwartet wird, all das wird durch die Konstellation der Geschwister maßgeblich bestimmt und begleitet einen Menschen mitunter ein Leben lang.

So ist jedes Erstgeborene bis zur Geburt nachfolgender Geschwister ein Einzelkind. Es genießt einstweilen die ungeteilte Aufmerksamkeit und Liebe seiner Eltern. Dem erstgeborenen Sohn standen seit alttestamentarischen Tagen bis in die neuere Zeit auch juristische Vorrechte zu, denn er war bei der Erbfolge bevorzugt. Den Vorzügen stehen aber frühzeitige Verantwortung und Pflichten gegenüber, zum Beispiel bei der Beaufsichtigung der jüngeren Geschwister. Für diese ist das älteste Kind die große Schwester/der große Bruder und zugleich Stellvertreter der Eltern, und das bleibt oft so, wenn die Jüngeren selber längst erwachsen sind.

Es verwundert nicht, daß Erstgeborene im Erwachsenenalter überproportional häufig führende Positionen bekleiden oder herausragende Leistungen erbringen. Sie waren zwar alle einmal in der Familie die Kleinsten und Schwächsten, gehörten aber bei der Ankunft eines Geschwisters automatisch zu den Großen, denen nun sofort Verantwortung übertragen wurde. Das letzte Kind bleibt jedoch das kleinste und ist es mitunter noch an seinem sechzigsten Geburtstag. Von ihm wird nicht soviel verlangt wie von den älteren Geschwistern, es wird aber auch nicht ganz ernst genommen; in der Rolle des Jüngsten genießt es eine gewisse Narrenfreiheit. Das Gefühl, sich groß und überlegen zu fühlen, ist ihm nicht selbstverständlich. Um das zu erlangen, muß es sich besonders hervortun.

In vielen Märchen sind die Jüngsten am Schluß die siegreichen Helden. Die älteren Geschwister ziehen zwar zuerst in die Welt, um ihr Glück zu machen, aber erst dem Jüngsten gelingt es, die schwierigen Aufgaben zu meistern und die gefährlichsten Abenteuer zu bestehen. Hinter seiner anfänglichen Unscheinbarkeit schlummern verborgene Fähigkeiten. Was ihm an Stärke fehlt, macht es durch Mut und Pfiffigkeit wett. Weil jeder Mensch einmal ein solches Jüngstes war und es zumindest in der Phantasie möglich ist, Mächtige zu besiegen und Großes zu erreichen, verkörpert das Jüngste im Märchen den alten Wunschtraum, die Ungerechtigkeit der Welt aufzuheben.

Im Märchen spiegeln sich nicht nur Wünsche, sondern auch Erfahrungen von Menschen wider. Wie im Leben, so wird auch das Schicksal vieler Märchenhelden erst im Zusammenspiel mit seinen Geschwistern oder im Kontrast zu ihnen erfahrbar. Es sind das einzige Stiefkind, der einzige Bruder unter mehreren Schwestern, die einzige Schwester unter mehreren Brüdern, der scheinbar Schwächste und Dümmste, die Lieblingstochter des Königs, die schönste von mehreren Schwestern – kurz: die

Andersartigen, die eine besondere Stelle einnehmen. Ein Beispiel dafür ist das Märchen vom ›Aschenputtel‹. Die jüngste und schönste von drei Schwestern wird zur Dienstmagd erniedrigt, weil ihre Schönheit die Eifersucht und den Neid der älteren und weniger begünstigten Schwestern erweckt. Schönheit ist im Märchen fast immer das Symbol einer schicksalhaften Bevorzugung und kann auf Dauer weder hinter Asche, Ruß noch Lumpen verborgen werden. Aschenputtel, die ihr Los geduldig erträgt, geht als Siegerin aus dem Schwesternkonflikt hervor. Sie feiert Hochzeit mit dem Prinzen, und die Schwestern werden bestraft. Dieses Märchen ist in Hunderten von Varianten auf der ganzen Welt verbreitet, wobei es zum weiblichen Aschenputtel auch ein männliches Pendant, den Aschensitzer, gibt. Es wird eine Situation geschildert, die jedes Kind, das mit Geschwistern aufwächst, kennt: Man wird benachteiligt oder empfindet es zumindest so. Jedem dürften aus der Kindheit und Jugendzeit Sätze wie »Immer bekomme ich die Schimpfe, der nie!« oder »Die kriegt immer schönere Sachen zum Anziehen als ich« in Erinnerung sein. Dahinter steckt sehr oft die Furcht des Kindes, von den Eltern weniger geliebt zu werden als die anderen Geschwister. Dieses Gefühl scheint nach dem Tod der Eltern hinter mancher Erbschaftsstreitigkeit zu stecken. Dabei geht es sicherlich nicht immer allein um den materiellen Wert, sondern darum, daß man sich nun unwiderruflich als letzter in der elterlichen Gunst sieht, während man andere bevorzugt glaubt.

Trotz mancher Konflikte und Unterschiede sind viele Geschwisterbeziehungen von Vertrautheit und Verbundenheit bestimmt, und das kommt in zahlreichen Märchen zum Ausdruck. ›Schneeweißchen und Rosenrot‹, die beiden verschiedenartigen Schwestern, hatten einander »so lieb, daß sie sich immer an den Händen faßten, sooft sie zusammen ausgingen, und wenn Schneeweißchen sagte

›Wir wollen uns nicht verlassen‹, so antwortete Rosenrot ›solange wir leben nicht!‹«*

Mehrere Brüder können ein Abenteuer nur deshalb bestehen, weil sie einander helfen und jeder mit seiner besonderen Fähigkeit zum Gelingen beiträgt. Obwohl es in vielen Brüdermärchen nicht an liebevoller Unterstützung und treuem Zusammenhalten fehlt, ist der Streit um Macht und den eigenen Vorteil ein vorherrschender Zug. Vom sprichwörtlichen »brüderlichen Teilen« kann nicht immer die Rede sein.

Das älteste erhaltene Zaubermärchen der Welt, dessen Handschrift aus dem 13. Jahrhundert v. Chr. stammt, ist das altägyptische Märchen von den Brüdern *Anubis* und *Bata*. Es verbindet mythische Elemente, wie die alttestamentarische Geschichte von *Joseph* und *Potiphar* (Gen. 39,1 ff.), mit volkstümlichen Erzählungen. In seinem dramatischen Handlungsverlauf steht es beispielhaft für viele Brüdermärchen. Die anfängliche Verbundenheit kann zu tödlicher Feindschaft werden, und schnell muß das Wasser des Lebens herbeigeholt werden, um eine aufbrausende und unbedachte Tat wieder rückgängig zu machen.

In vielen Mythen und mythennahen Erzählungen sind sagenumwobene und streitbare Brüder die Stammväter von Städten und Völkern. *Romulus* und *Remus*, die im Tiber ausgesetzt, dann gerettet und von einer Wölfin gesäugt wurden, gelten als Begründer Roms. *Romulus* soll auf göttliches Geheiß der Stadt seinen Namen geben und befestigt sie mit einer Mauer. Als *Remus* über die Mauer springt, um seinen Bruder zu verspotten, kommt es zu einem heftigen Kampf, dabei wird *Remus* erschlagen. *Romulus* ist nun der alleinige Herrscher Roms. Streitigkeiten und Machtkämpfe können mitunter sehr frühzeitig beginnen.

* ›Die wahren Märchen der Brüder Grimm‹, herausgegeben von Heinz Rölleke, Fischer Taschenbuchverlag, Frankfurt am Main 1989, Bd. 2885

Die biblischen Zwillinge *Jacob* und *Esau* sollen sich schon im Mutterleib angefeindet haben. Als *Rebekka*, ihre Mutter, daraufhin Gott um Rat fragt, erhält sie die Antwort: »Zwei Völker sind in deinem Leib, zwei Stämme trennen sich schon in deinem Schoß. Ein Stamm ist dem anderen überlegen. Der ältere muß dem jüngeren dienen.« (Gen. 25,22–25). Anders als bei diesen mythischen Brüdern steht am Ende vieler Märchen die Versöhnung. Der eine Bruder verzeiht dem anderen, obwohl ihm grausam mitgespielt wurde, der eine eilt dem anderen zu Hilfe, auch wenn sie sich vorher zerstritten hatten. Die Märchen entsprechen damit den Wünschen und Hoffnungen vieler Menschen, daß alles zu einem guten Ende geführt werden solle, und sie vermitteln die tröstliche Einsicht, daß die in Beziehungen auftretenden Schwierigkeiten und Konflikte gelöst und überwunden werden können.

Während die Märchen von Brüdern oder von Schwestern eine Bandbreite positiver und negativer Gefühle und Verhaltensweisen schildern, sind diejenigen von Bruder *und* Schwester fast ausschließlich von Harmonie und Liebe bestimmt. Feindseliges Verhalten ist die Ausnahme, dafür sind gegenseitige Hilfe und Erlösung die stets wiederkehrenden Motive. Dem Bruder ist kein Weg zu beschwerlich, keine Aufgabe zu gefährlich, wenn er in die Welt hinauszieht, um seine Schwester zu befreien, die sich in Gefahr befindet. Und auch die Schwester zögert nicht, jahrelange Qualen auf sich zu nehmen, um ihre verwünschten Brüder zu erlösen. Märchen wie Mythen bezeugen die Verbundenheit von Bruder und Schwester. Ein Beispiel dafür ist die Geschichte von *Phaeton* und den *Heliaden. Phaeton* lenkt anstelle seines Vaters, des Sonnengottes *Helios*, den Sonnenwagen über das Himmelsgewölbe. Die Rosse gehen aber mit dem jugendlichen und unerfahrenen Fuhrmann durch und verursachen so einen großen Brand. Zur

Strafe wird *Phaeton* vom Blitz des *Zeus* getroffen und stürzt in den Fluß *Eridanos*. Seine Schwestern, die *Heliaden*, beweinen den Tod ihres Bruders so sehr, daß sie in Pappeln verwandelt werden. Ihre Tränen, die sie auch als Bäume weinen, gerinnen seit jener Zeit zu kostbarem Bernstein.

Die Tragödie ›Antigone‹ von *Sophokles*, die inhaltlich auf einen Mythos zurückgeht, schildert die Treue und Liebe *Antigones* zu ihrem Bruder *Polyneikes*, über dessen Tod hinaus. Die Leiche *Polyneikes'* sollte nach dem Willen *Kreons*, des Königs von Theben, den Vögeln zum Fraß vorgeworfen werden. *Antigone* sieht in der Bestattung ihres Bruders jedoch ihre schwesterliche Pflicht, die kein willkürliches Gebot einer Staatsgewalt verhindern darf. Sie beugt sich dem Willen *Kreons* nicht und wird zur Strafe lebendig eingemauert.

Bis in jüngere Zeit gibt es Beispiele einer gegenseitigen moralischen Verpflichtung von Geschwistern. In ländlichen Gebieten war es bis vor wenigen Generationen der Brauch, daß sich ein Mädchen erst dann verheiraten durfte, wenn auch ihr Bruder heiratete. Blieb er ledig, so mußte sie ihm den Haushalt führen. In einigen Regionen der Mittelmeerländer hat der Bruder bis heute die Pflicht, über die Ehre der Schwester zu wachen und sie, wenn nötig, zu verteidigen. Bei einer Kränkung der Schwester fühlt er sich selbst, als Vertreter der gesamten Familie, angegriffen und beleidigt. Eine so starke gegenseitige Verpflichtung mag in unserer, von zunehmender Vereinzelung geprägten Gesellschaft mehr und mehr unverständlich erscheinen. Diese Haltung wurzelt in einer Zeit, in der die blutsverwandtschaftliche Bindung, selbst vor der Beziehung der Eheleute, den Vorrang hatte. Wenn zum traditionsgebundenen Bewußtsein einer starken Pflicht gegenüber der Blutsverwandtschaft noch die persönliche Zuneigung der Geschwister tritt, dann erwächst daraus eine Verbundenheit, der auch mancher Schicksalsschlag wenig anhaben kann.

### *Märchen von Brüdern und Schwestern*

Fast alle Märchen dieses Kapitels schildern die innige und untrennbare Bruder-Schwester-Beziehung in einer eindringlichen Symbolsprache.
Iwan, der Helden- und Wundersohn der russischen Geschichte von ›Iwan aus der Erbse und Wassilissa mit den goldenen Flechten‹, wird erst geboren, nachdem seine Schwester Wassilissa und seine zwei Brüder von einem Drachen entführt wurden. Iwan wurde von seiner Mutter auf magische Weise empfangen, nachdem sie versehentlich eine Erbse verschluckt hatte. Das Motiv einer magischen Empfängnis, zum Beispiel durch das Essen bestimmter Früchte, durch Sonnen- oder Mondlicht oder herabfallenden Regen, ist auf der ganzen Welt in Mythen und Märchen, Heldenepen und Legenden verbreitet. Es weist immer auf die außergewöhnliche Bedeutung eines Gottes, Religionsstifters oder Helden hin. Nach der Legende drang ein Stern in den Leib von *Laotses* Mutter ein. *Buddhas* Mutter wurde im Traum von einem weißen Elefanten geschwängert. Nach christlichem Glauben wurde *Christus* von der jungfräulichen *Maria* durch den Hl. Geist, in Gestalt einer Taube, empfangen. Auch Männer können auf magische Weise schwanger werden und gebären. Die griechische Göttin *Athene* entsprang in voller Rüstung der Stirn ihres Vaters *Zeus*. Die Besonderheit einer Person wird so bereits in ihren Anfängen betont. Der Iwan unseres Märchens wächst »nicht nach Jahren, sondern nach Stunden«, und mit sieben Jahren ist er schon ein richtiger Held, stark, furchtlos und sehr trinkfest. Ihm gelingt es, den Drachen zu töten, der Wassilissa gefangenhält und die

Brüder erschlug. Er befreit seine Schwester und erweckt seine Brüder mit dem Wasser des Lebens, das er aus dem Drachenhort geholt hat, zu neuem Leben. Nach so vielen Heldentaten wird natürlich gefeiert, wobei – und das ist typisch für den Schluß vieler russischer Märchen – der Wodka und der Met in Strömen fließen.

›Die beiden Försterskinder‹ ist das einzige Märchen dieser Sammlung, in dem sich die Beziehung von Bruder und Schwester negativ verändert. Anfangs ist sie zwar innig und herzlich, als sich aber ein Riesenkönig in die Schwester verliebt und sie heiratet, soll der Bruder aus dem Weg geschafft werden. Im realen Leben stören keine Riesenkönige die Geschwisterbeziehung. Durch Veränderungen, wie Berufswahl, Heirat, einen neuen Lebensstil, kann aber die Verbundenheit, die möglicherweise die ganze Kinder- und Jugendzeit über bestand, gelockert oder aufgelöst werden. In der Symbolsprache des Märchens gelangen Geschwister eines Tages an eine Weggabelung, und sie gehen dann, zumindest für eine Weile, getrennte Wege.

Die armenische Überlieferung ›Geschwisterliebe‹ weist sehr realistische Züge auf. Der Bruder beschützt seine Schwester vor der Zudringlichkeit eines jungen Grafen und wird deshalb zum Tode verurteilt. Damit nimmt aber die Begehrlichkeit des Fürsten kein Ende. Er stellt dem Mädchen zwei Bedingungen, durch deren Erfüllung sie ihren Bruder vom Galgen retten kann: sie muß dreimal nackt um den Richtplatz laufen, und sie muß drei Tage und Nächte bei ihm verbringen. Das Mädchen ist dazu bereit, nachdem sie ihr Schicksal in Gottes Hand gelegt hat, und sogleich eilen ihr Ameisen zu Hilfe. Die Ameise wurde in vorchristlicher Zeit weiblichen Gottheiten, wie der *Großen Mutter* oder der römischen Fruchtbarkeitsgöttin *Ceres,* zugeordnet. Solche alten Vorstellungen überdauern in Volkserzählungen oft die Jahrhunderte, ohne daß uns heute diese Zusammenhänge bewußt sein müssen.

›Das Mädchen mit den goldenen Zöpfen‹ wird als nahezu überirdisches Wesen geschildert. Halb erscheint sie als strahlende Lichtgestalt mit goldenen Haaren und goldene Fußspuren hinterlassend, halb als Fruchtbarkeitsgöttin, aus deren Händen Weizenkörner rieseln. Sie kann ihren Reichtum und ihre Schönheit jedoch weder zeigen noch leben. Sobald ein Sonnenstrahl auf sie fällt, wird sie in den Bauch eines Walfisches gezaubert, deshalb darf sie ihre Zimmer nie verlassen. Ihrem Bruder gelingt es, sie aus dieser Isolierung zu befreien und sie am glücklichen Ende mit seinem Freund, dem König, zu verheiraten.

### *Märchen von Schwestern*

Die Texte dieses Kapitels zeigen das Verhältnis der Schwestern mit seinen positiven und negativen Seiten. Bei der Auswahl war es mir wichtig, den Schwerpunkt auf Märchen zu legen, die – entgegen mancher Klischeevorstellung – eine liebevolle und unterstützende Schwesterbeziehung schildern.

›Die weiße Karoline und die schwarze Karoline‹ ist dafür ein eindringliches Beispiel. Die beiden Stiefschwestern könnten äußerlich kaum ungleicher sein. Die weiße Karoline ist wunderschön, die schwarze Karoline ist abgrundtief häßlich und wird von allen Menschen gemieden. Beide haben jedoch ein gutes Herz und stehen sich gegenseitig bei, und durch die Liebe der schönen, weißen Karoline werden sie schließlich in zwei völlig gleiche Wesen verwandelt – zwei schneeweiße Schwäne.

›Blond, Braun und Zaghaft‹ ist eine besonders interessante Aschenputtel-Variante aus Irland. Zaghaft ist nicht nur schöner als ihre Schwestern, sie gewinnt auch den Verehrer von Blond für sich. Typisch für die irische Volksliteratur ist die reiche Phantasie und die Ausschmückung von

Kampfszenen. Es genügt nicht, daß der Prinz das Mädchen gefunden hat, dem der kostbare Schuh paßt. Er muß gegen eine ganze Anzahl streitbarer Prinzen und erprobter Helden antreten, ehe er nach tagelangen Kämpfen die Heldin als seine Frau heimführen darf. Die Hühnerfrau, die Zaghaft mit kostbaren Gewändern und prächtigen Pferden ausstattet, ist eine zauberische Frau keltischer Überlieferungen. Sie beherrscht die schwarze und weiße Magie. Zu Zaghaft ist sie mütterlich und beschützend, anders dagegen in ›Kathrin die Nußknackerin und Anna mit dem Schafskopf‹. Hier entfaltet sie ihre zerstörerischen Kräfte, indem sie der schönen Anna einen Schafskopf anzaubert.

›Binnorie‹ erzählt mit tödlicher Konsequenz von der Rivalität zweier Schwestern um einen Mann. Der Inhalt geht auf eine in England, Schottland und Irland weit verbreitete Ballade zurück. Die Nähe zur Ballade zeigt die kehrreimartig wiederholte Zeile »Beim lieblichen Mühlfluß von Binnorie«, die dramatische, unheimliche Stimmung und der düstere Schluß.

## *Märchen von Brüdern*

›Die zwei Brüder‹ aus der Sammlung der Brüder Grimm enthält zahlreiche Elemente des altägyptischen Brüdermärchens. Es schildert die Schicksalverbundenheit der Zwillingsbrüder, die sich als Kinder gleichen »wie ein Wassertropfen dem anderen«. Als junge Männer sehen sie sich noch immer zum Verwechseln ähnlich, es ist nun aber unvermeidlich, daß sie sich trennen und verschiedene Wege gehen. Als sie wieder zusammenkommen, entsteht aus Eifersucht ein tödlicher Konflikt. Der eine Bruder verdächtigt den anderen des Ehebruchs mit seiner Frau und erschlägt ihn. Am Ende siegt jedoch die

brüderliche Liebe, die sie sich am Scheideweg versprochen haben.
In ›Treu und Untreu‹ kommt das Kain-und-Abel-Motiv zum Ausdruck. Durch die charakterliche Gegensätzlichkeit der beiden Brüder, die schon im Titel anklingt, kommt es zum Streit. Jähzornig sticht Untreu seinem Bruder die Augen aus. Treu macht dennoch durch die Hilfe von Tieren sein Glück, und als nach einem Jahr Untreu als Bettler an den Königshof kommt, verzeiht er ihm großmütig. Aber die Tiere, die einst Treu Hinweise zu seiner Rettung gaben, verraten Untreu ihre Geheimnisse nicht. Sie sorgen damit für eine Bestrafung des Übeltäters und verschaffen einer höheren Gerechtigkeit Geltung.
›Der Däumling und der Menschenfresser‹ ist ein Märchen vom pfiffigen Jüngsten. Däumling ist nicht nur der jüngste, sondern darüber hinaus der kleinste von sieben ohnehin sehr kleinen Brüdern. In diesem Bild wird ausgedrückt, wie sich die Jüngsten wohl oft fühlen, von den Kleinen sind sie die allerkleinsten. Dennoch gelingt es dem winzigen Däumling mit Mut und List, sich und seine Brüder aus der Lebensgefahr zu retten.

Die von mir ausgewählten Märchen spiegeln die Geschwisterbeziehung in ihrer Vielfalt und Lebendigkeit wider. Viele davon sind durch besondere Handlungsstärke und Farbigkeit gekennzeichnet.
Zum Schluß bleibt mir noch, meiner Mutter Sigrid Früh zu danken, die mich bei der Arbeit kenntnisreich unterstützte. Mein besonderer Dank gilt Jutta Weiß aus Dresden, die mich zu diesem Buch angeregt hat.

Weilimdorf, April 1993 *Ulrike Blaschek-Krawczyk*

# Quellenhinweise

## Märchen von Brüdern und Schwestern

*Iwan aus der Erbse und Wassilissa mit den goldenen Flechten*
A. N. Afanasjew: Narodnyja russkija Skadie Band 8, Moskau 1861; aus dem Russischen übersetzt von Paul Walch

*Die drei Raben*
Ernst Meier: Deutsche Volksmärchen aus Schwaben, Stuttgart 1852

*Die beiden Försterskinder*
Ulrich Jahn: Volksmärchen aus Pommern und Rügen, Norden und Leipzig 1891

*Das Mädchen mit den goldenen Zöpfen*
Christian Schneller: Märchen und Sagen aus Wälschtirol, Innsbruck 1867

*Bruder und Schwester*
Heinrich von Wlislocki: Märchen und Sagen der Bukowinaer und Siebenbürger Armenier, Hamburg 1891

*Die beiden Goldkinder*
Josef Haltrich: Deutsche Volksmärchen aus dem Sachsenlande in Siebenbürgen, Berlin 1856

*Geschwisterliebe*
Heinrich von Wlislocki: Märchen und Sagen der Bukowinaer und Siebenbürger Armenier, Hamburg 1891

## Märchen von Schwestern

*Die weiße Karoline und die schwarze Karoline*
Georg Goyert und Konrad Wolter: Vlämische Sagen, Legenden und Volksmärchen, Jena 1917

*Blond, Braun und Zaghaft*
Jeremiah Curtin: Myths and Folk-Lore of Ireland, London 1890; aus dem Englischen übersetzt von Ulrike Blaschek-Krawczyk

*Die drei Schwestern bei dem Menschenfresser*
Josef Haltrich: Sächsische Volksmärchen aus Siebenbürgen, Wien 1882

*Binnorie*
Robert Jamieson: Popular Ballads and Songs Bd. I, Edinburgh 1806; aus dem Englischen übersetzt und in Prosa gebracht von Ulrike Blaschek-Krawczyk

*Kathrin die Nußknackerin und Anna mit dem Schafskopf*
Joseph Jacobs: English Fairy Tales, London 1890; aus dem Englischen übersetzt von Ulrike Blaschek-Krawcyk

## Märchen von Brüdern

*Die zwei Brüder*
Kinder- und Hausmärchen der Brüder Grimm, Ausgabe letzter Hand, Göttingen 1857

*Von den sieben Brüdern, die Zaubergaben hatten*
Laura Gonzenbach: Sizilianische Märchen, Leipzig 1870

*Treu und Untreu*
Christian Asbjörnsen und Jørgin Moe: Norwegische Märchen, Berlin 1846

*Die vier Brüder*
Ernst Meier: Deutsche Volksmärchen aus Schwaben, Stuttgart 1852

*Der Däumling und der Menschenfresser*
Ludwig Bechstein: Deutsches Märchenbuch, Leipzig 1845

# Verwendete Literatur in Auswahl


Bruno Bettelheim: *Kinder brauchen Märchen*, Stuttgart 1977

Rudolf Geiger: *Mit Märchensöhnen unterwegs. Prüfung und Bewährung in zwölf Märchen der Brüder Grimm.* Stuttgart 1968

Heide Göttner-Abendroth: *Die Prinzessin und ihre Brüder. Matriarchale Mythologie in den Zaubermärchen.* In: Die Göttin und ihr Heros, München 1980

Imme de Haen: *Aber die Jüngste war die Allerschönste. Schwesternerfahrung und weibliche Rolle*, Frankfurt am Main 1983

Verena Kast: *Familienkonflikte im Märchen*, Olten 1984

Karl König: *Brüder und Schwestern. Geburtenfolge als Schicksal*, Göttingen 1981[7]

Max Lüthi: *Familie und Natur im Märchen.* In: Volksliteratur und Hochliteratur, Bern 1970

Inge Vielhauer: *Bruder und Schwester. Kinder einer Familie.* Untersuchungen und Betrachtungen zu einem Urmotiv zwischenmenschlicher Beziehungen, Bonn 1979